復讐《ふくしゅう》の血煙《ちけむ》り

―闇の仕事人半次郎―

早坂倫太郎

大洋時代文庫

目次

第一章　七人めの敵

一

女の名前は梅《うめ》といった。品川宿の旅籠《はたご》『かめ屋』の飯盛女になるはずの女だった。

品川宿は板橋宿、内藤新宿、千住宿と並ぶ江戸四宿の一つ。

東海道の重要な継立《つぎたて》駅である。

旅籠の数は九十余軒あり、ほとんどの宿には飯盛女がいる。飯盛女とは売春婦である。

とはいえ、公然と売春をやるわけにはいかない。

ゆえに春を売るかどうかは泊まり客と女の話し合いで決まる。

金は布団代として客が支払うのだ。

梅は上総《かずさ》の国の出。口入れ屋東助の紹介で、旅籠の陰の主《あるじ》八郎兵衛のところに来た女だった。

梅がきたときは、今から二年前。かの女が十六歳のときであった。

梅は小さいときから漁舟《ふね》を漕《こ》いでいたというだけあって、肩幅が広く、がっしりしている。

初め八郎兵衛は梅を、自分《おのれ》の旅籠の飯盛女にするはずであった。試しにかの女を抱いた。羞《は》じらいでうつ向く梅を裸にすると、外見《そとみ》とはちがい、肩先も臀部《しり》も丸い。躰《からだ》全体の肉置《ししお》きはふくよかである。

交接をすると、梅の躰にすっぽりと埋まってしまう感じになる。それが、

「たまらなかった」

のだ。

その日から、梅は旅籠から離れた八郎兵衛の家に移り住むようになった。独り身の八郎兵衛の愛妾《あいしょう》になったのである。

梅が愛妾になってから、二年。かの女は今、十八歳になっている。

今も情交を終えた八郎兵衛は、梅の豊かな両の乳房に顔を埋めた。梅はやさしく八郎兵衛の頭を抱いている。

「快《よ》かったよう」

梅はささやいた。まだ動悸《どうき》はとまらない。

八郎兵衛はなにも言わぬ。

庭から大山蓮華《おおやまれんげ》の花の香りがただよってきた。

八郎兵衛は、たとえようもない深い安堵感《あんどかん》のなかにいた。

八年前、日本橋通り一丁目の大店《おおだな》の呉服店・錦屋《にしきや》へ、強盗団の一人として押し入った。

三十人の奉公人を全員殺害《せつがい》。一人百両の分配金を、闇《やみ》の大黒天と名乗る、強盗団の謎《なぞ》の首領から受けとった。

（あの頃《ころ》のおれは、その日暮らしの浪人だった。金が欲しかった。金になることはなんでもやった。用心棒、商家の蔵番、恐喝。人を斬《き》ったこともある。それが八年前のあの事件《こと》をきっかけに、おれの運命が逆転した。思えばむごいことをしたが、今は暮らしの心配はない。金に苦労していたからこそ、おれは百両の分配金で、旅籠を買うたのだ。商《あきな》いの才覚はないが、旅籠なら、しっかりした番頭を雇っておけばいい。なれど、あの事件が気にかかって仕方がない）

それは、かれが強盗団に引き入れた東助が源森川に死骸《しがい》となって浮かんだことだ。八年前の東助は、一介の遊び人だった。

事件以来、足がつくのを恐れ、互いに会わぬと約定した。東助は百両の分配金を元手に、口入れ屋となり、成功していたのだ。

（その東助が殺害《せつがい》されたのだ。まさかと思うが、八年前の事件《こと》とは、関係がないだろうなあ。もしあるとすれば、おれも危ない。けれども、いったい誰《だれ》が東助を殺《あや》めたんだ。まさか、まさかとは思うが――）

今、八郎兵衛の双眸《め》の前に、ぞっとするような双眸の大きい女の面立ちが浮かんできた。

八郎兵衛はそれを振り捨てようとした。

そうすればするほど、その女が明確に浮かび上がってくる。

「莫迦《ばか》な。そんなことがあるはずはない」

八郎兵衛は呻《うめ》くように呟《つぶや》いて、梅の豊饒《ほうじょう》な乳房をつかんだ。

いったんは消えていた情欲にまた火がついてきた。

「お梅――」

八郎兵衛は梅の乳房をもみしだいた。

「あたしは、もう、もう、だめだよ」

口走りながら、梅の息遣いが乱れ出す。

八郎兵衛は桜色の乳首を吸った。

梅は「うーん」とのけ反る。乳首を舌でころがす。隆起した乳首が八郎兵衛の舌で、したたかな固さで応《こた》える。指で蕾《つぼみ》を揶揄《やゆ》する。

無意識のうちに梅は両足を広げている。
顎《あご》をつき出し、苦悶《くもん》に似た表情をする。
梅の手は八郎兵衛のそそり立つものをしごいていた。
かれは指で花芯《かしん》のまわりに円を描いていく。
泉がどんどん溢《あふ》れてくる。
「あ、あ、早く、早く、おくれよ」
だが、八郎兵衛の指技はつづく。
「もう、もう」
梅の手の動きが早くなる。
八郎兵衛は躰をずらし、梅の花芯に顔を埋める。
舌で蕾を下から上へ転がす。
「あっ、あーっ！」
梅が声を上げる。
嬲《なぶ》る。嬲りつづける。
梅は敷布団を摑《つか》み声を上げる。
八郎兵衛は梅の円《まる》い尻《しり》をしゃくり上げ、自分のものを花芯にあてる。

そのまま、ふちこすりをする。

「早く――、おくれよ」

ややあって、八郎兵衛は自分のものを、感触を味合うように、ゆっくりと埋めていった。

梅は両足をかれの尻にからめる。

八郎兵衛は揺動を始めた。

梅は「あっ、あっ」と声を上げ、八郎兵衛の首に手をかける。

揺動の振幅は次第に早くなる。

梅は息遣いも荒く「もっと、突いて」とせがむ。

八郎兵衛から怯《おび》えが消えていた。どうにでもなれという開き直りが、かれを情欲の底に落とし込んでいく。

かれは、ひたすら揺動する。

梅は「いく、いく」と声を上げる。

やがて、待ちに待った至福の瞬間《とき》が訪れた。

梅は声を上げた。

八郎兵衛はかの女のなかで放出した。

二

品川宿は北品川と南品川にわかれる。
どちらも、飯盛女をかかえた旅籠が軒をつらねている。
半次郎は八郎兵衛がやっている、旅籠『かめ屋』に逗留《とうりゅう》した。
主人の島田八郎兵衛は憎むべき敵《かたき》だった。
八年前の安永《あんえい》元年（一七七二）――。
そのときから、半次郎の運命は激変したのだ。
父の七五郎は老中田沼意次《たぬまおきつぐ》の用人、三浦庄二に、
「御老中に二千両差し出せば、幕府御用達になれるよう、口添えをしてやる」
と、そそのかされた。
田沼意次は農業主体の政策を、重商主義に改革の転換をはかった。
それは画期的なことだったが、いつか賄賂《わいろ》が横行するようになった。
金さえ出せば望みが叶《かな》う。しかも、幕府御用達になれば、商いの道も広がる。
七五郎は金策に走り、二千両を用意。その大金を蔵に入れた。
だが、その夜、二千両は黒覆面の強盗団によって盗まれたのだ。そればかりではない。

半次郎の両親をはじめ、三十人の奉公人は全員、惨殺された。

助かったのは、一人息子の半次郎だけであった。

半次郎は事件のあった当夜、吉原のなじみの女郎と、一夜を明かしていたのだ。

そのころの半次郎は、喧嘩《けんか》は日常茶飯事。飲む、打つ、買うのどう仕様もない男だった。

惨事を知った半次郎は、呆然《ぼうぜん》となった。

同時に下手人に対し、激しい憤怒《ふんぬ》を覚えた。

当時、十八歳だった半次郎は、両親と昵懇《じっこん》だった、町医者中川宗順の紹介で、始末屋の元締め、影安に預けられた。

始末屋というのは、借金取り、故買の面倒、女郎が死ねば腰巻きまではぎとって古着屋に売る。この世の裏の世界に根を張る、闇の仕事を生業《なりわい》にしている。

影安に紹介する前に、中川宗順はこう言った。

「親の敵を討ちたかったら、心底からのワルになれ。お前の家に押し入った強盗団は、並みの相手ではない。強盗団以上のワルにならなければ、敵は討てぬ。その修行をするのだ」

こうして、八年間、半次郎は影安の身内となって、ワルの修行をつんだ。

もともと、度胸は人一倍あった。

そんな半次郎に剣術を教えたのが、影安の用心棒、滝口《たきぐち》左内《さない》だった。

「剣術は一生かかっても、これでよいとはいえぬ。お前の唯一の取柄は、ものおじせぬところだ。それを活《い》かして、剣術を身につけろ。あとは実戦あるのみ。ただし、生きていればの話だが――」

毎晩、柳原土手で、木太刀を使い、実戦さながらの稽古《けいこ》をつづけた。

その結果、編み出したのが無頼剣法だった。

躰ごとぶつかっていく、度胸満点の活人剣で、憎むべき敵を斬ってきた。

敵は十五人いた。

一人一人が憎んでも憎みきれぬ敵であった。

錦屋に押し入った強盗団は、全員黒覆面をしていたという。

半次郎は一人一人を探し出し、今日まで、十一人を殺《や》った。

(残るのは四人だけだ。その一人が、この旅籠の主人《あるじ》におさまっているというのだが)

それを探るために、かめ屋へ逗留したのだ。

半次郎の探索を助ける強力な味方が二人いた。

影安がつけてくれた、手裏剣の名手官兵衛と、軽業師上がりの若い七之介だった。

官兵衛は暗い眸《め》をした男だ。

齢は半次郎より上だった。

官兵衛は影安一家の客分。これまで、探索をともにしているうちに、三人の間には、固い絆《きずな》ができていた。

旅籠の女中には、旅から戻ってくる者と、旅籠《ここ》で落ち合うことになっていると告げていた。

女中には、心付けをやっていたので、すぐに打ち解けた。口の大きい、いかにも、口軽な女中だった。

その女中も飯盛女である。

「お客さん、あたしを招《よ》ぶのなら、いつでもいいですよ、うんと、いい思いをさせてあげますよ」

と、秋波《しゅうは》をおくってきた。

「いや、せっかくだが、それはいい。おれは、ここで落ち合う相手と、仕事の首尾を聞かねえうちは、落ち着かねえのよ」

「残念ですねえ。あたしの性技《わざ》は、この品川宿でも評判なんですけどねえ」

「そのうち、たっぷりと、お前さんの性技《わざ》を受けるとしようぜ。だけど、旅籠という商いも結構なもんだ。お前さんのような女《ひと》が、稼いでくれるんだからな」

「ええ。主人《あるじ》になれば、生涯遊んで暮らせますよ」

「主人《あるじ》は、確か八郎兵衛さんとかいったね」

「ちがいますよ」

「ちがう？」

「かめ屋を仕切っているのは、鹿十《しかじゅう》さんという人ですよ」

「それは知らなかったぜ。ずっと以前《まえ》から、ここの主人《あるじ》かえ」

「あたしがここに来たのは、八年前ですが、それよりも以前《まえ》から、かめ屋の主人だったと聞いています」

「齢はいくつだえ」

「六十をとうに過ぎていると思いますがねえ。躰は丈夫ですけど、生まれつき片足が不自由でね。あたし達には口うるさい老爺《ろうや》ですよ」

女中の言った鹿十とは、ここに入るとき、玄関にいた男だと、半次郎は思った。

女が言う通り、女中たちをてきぱきと指図をしていた。

小柄で金壺眼《かなつぼまなこ》男である。

片足を引きずって歩いていた。

（おれの家を襲った強盗団の一人とは思えねえ。けれども、もう少し探ってみねえことにはな）

三

そのころ、官兵衛は浅草橋場町の半次郎の別宅へ向かっていた。今戸町の半次郎の別宅は、岡っ引の竜雲に知られた。そのため、居を移したのだ。ここはまだ、竜雲に知られていない。

半次郎はもう一軒、吉原に暮らしの糧《かて》を得るために、『柏屋《かしわや》』という貸着屋を持っている。

江戸は今、夏の盛りをむかえていた。

町の諸方には、盂蘭盆《うらぼん》の市場が立ち、夜ともなれば盆踊が始まる。

ちょうど、官兵衛が別宅近くにきたときだ。

「あ、官兵衛どん」

声をかけられ、官兵衛は振り返った。

そこに、影安の子分で若いが切れ者《もん》の卯之吉《うのきち》が立っていた。

「おお、卯之じゃあねえか」

「官兵衛どんのところへ行こうとしていたところでさあ」

「用はなんだ」

「へい。お志津さんのことで」

瞬間、官兵衛の足は止まった。

遠い思い出が、突然、甦《よみがえ》ってきた。

「卯之、その女は――」

「やっぱり、知り合いだったんですかい。その女《ひと》のことで官兵衛どんを尋ねてきた人がいやしてね」

「卯之、誰が、誰が尋ねてきたんだ」

「尋ね人は加吉さんという男で、影安のお頭目《かしら》のところにいやすよ」

志津というのは、今から二十五年前、官兵衛と一緒に暮らしていた女だった。

官兵衛がまだ田端村にいたころだ。

志津は向島の料理屋『幸庵』の座敷女中だった。

官兵衛は向島一帯の祭の屋台を取り仕切る元締・祭の弥介に連れられて、『幸庵』に行った。

『幸庵』は一見《いちげん》の客はとらぬ。

官兵衛には、気安く行ける店ではなかった。

その官兵衛と弥介の部屋に付いた女中が、志津だった。

引き込まれるような大きい双眸《め》を持った女であった。

面立ちのなかで、双眸の美しさだけが目立った。

「その加吉さんは、お志津とどんな——」

「詳しいことはわかりません。加吉さんは、官兵衛どんに伝えたいことがあるとかで、お頭目《かしら》の家で待っていやす。お頭目は橋場町の家を教えちゃあならねえといいやして、それで、あっしが出張ってきたというわけでやすよ」

官兵衛は影安のこまかい配慮に感謝した。


影安の家で待っていた加吉は、六十格好の瘦《や》せた男だった。棒縞《ぼうじま》の着物を着て、躰をこごめて座っていた。

「官兵衛どん、談合《はなし》はうちの座敷を使ってくれていいんだぜ」

と、影安は言ってくれた。

しかし、影安の好意に甘えるわけにはゆかぬ。

官兵衛は礼をのべると、加吉をうながし、神田花房町の影安の家を出た。

加吉は老爺のわりには、足腰がしっかりしている。かれは、雑司ケ谷村の子育て地蔵の堂守をやっているという。

「そこへ、ご案内いたしますよ。お志津さんがね、傷を負って危ねえのです」

「傷を負って――」

「へえ、今朝の明け方でございますよ。外でうめき声がするので、出てみると、そこに、倒れている女の人がいましてね。それが、お志津さんでしたよ」

「お志津は誰かに斬られたので」

「そうでございますよ。誰に斬られたかは、言いませんでしたが、あたしもお志津さんに遭うたのは、そのときが初めてでございました。あの様子では、何者かに追われて、逃げてきなすったようですね」

「傷の具合はどうなんで」

「肩から背中へ。一応、傷薬を塗り、晒布《さらし》を巻いておきましたが、あの分じゃあ、一日もつかどうか。医者を呼ぼうとしたのですが、官兵衛さんが来るまでは、このままにしておいてほしいと――」

話の様子だと、志津の容態は予断をゆるさぬようだ。

官兵衛は辻駕籠《つじかご》を二挺《にちょう》ひろうと、加吉と分乗し、雑司ケ谷村へ急いだ。

志津とともに暮らしていたのは二年間だった。

一緒になってわかったことは、かの女は奔放な性格《とこ ろ》があった。

それはそれで、官兵衛の好みでもあった。

しかし、ある日、突然、志津が家から姿を消した。そのころの官兵衛は、旅に出ることが多かった。

志津がいなくなった当初は、さすがの官兵衛も寂しさと戸惑いをかくせなかった。

書き置きひとつなく家から出た志津である。

家出をした理由はわからなかった。

以来、二十五年。その志津が突然、傷を負って現われたというのだ。

加吉の家は、家というより物置小屋だった。

杉皮を何枚も葺《ふ》いた屋根。板をぶっつけた小屋が、木立のなかに建っていた。

立てつけの悪い板戸を開けると、内部《なか》は土間があり、八畳ほどの破れ畳の上に、垢《あか》じみたせんべい布団の上に女が臥《ふ》せっていた。

志津であった。

頬《ほお》はこけ、眸《め》は落ちくぼみ、乱れた髪が齢以上の老いをみせていたが、まぎれもなく志津であった。

そっと近寄ると、息遣いが小さくなっている。躰が弱っている証拠だ。

加吉が「一日もつかどうか」と言った理由《わけ》もわかった。

「お志津、お志津。おれだ、官兵衛だ」

肩の骨がつき出た躰を、静かにゆすると、志津が双眸をうっすらと開けた。

官兵衛を引きつけた、あの双眸の光はない。

かの女の意識はまだあった。

「あ、お、お前さん」

志津は二十五年前と、同じ呼び方をした。

「今まで、どうしていたんだ」

「許してください。私は、どう仕様もない女です。しあわせをつかみたいと思いながら、しあわせをつかむと、なぜか息苦しくなって逃げ出したくなる。これは、私が背負った業《ごう》のようなものです。お前さんと暮らした二年間は、しあわせでしたよ。それでいて、寂しくなると我慢できなくなる。お前さんは、あのころ、よく旅に出かけて。それで、眠っていた虫が騒ぎ出してね」

「そうか。それで、今まで何処《どこ》にいたんだ」

「ほうぼうを渡り歩いてねえ。お前さんの子は、故郷の常陸《ひたち》(茨城県)の国で産みました」

「なんだって、おれの子だと」

「家を出て間もなくでした。私はお前さんの子を、身ごもっていたんですよ。産まれたのは女の子でね。名前を末《すえ》とつけました。けれども、お末は私になつかず、ついに、私をこんな目に——」

「お志津！　じゃあ、お前《めえ》をこんな目に遭わせたのはお末だというのか！」

「すべては私が悪かったんです。お末が八歳のときに養女に出したのです。あの子がいたのでは足手まといだったので。ところが、後でわかったのは、養女に出した家の主人《あるじ》が、お末を売りとばし、挙句の果てに、あの子は盗人に。それがわかったのは、今朝のことです。あの子が私を探して尋ねてきて、私がそのことを詰《なじ》ると、口論の末に突然、斬りつけてきたのです」

「お前《めえ》を斬ったのは、お末というのか」

「あの子は私とお前さんを恨んでいるのです。自分《おのれ》を盗人にしたのは、両親が勝手気ままにしたからだと。あの子は怖《おそ》ろしい。私はこうなっても仕方がありません。自業自得です。今日まで影安さんのところへ、お前さんと連絡をとろうと、何度、思ったことか。けれどもご迷惑がかかると思い行きませんでした。お末の回りには悪い仲間がいます。お前さんも気をつけて……」

「心配《しんぺい》するな。今、医者を呼んできてやるからな」

「いいえ、私はもうだめです。これも身勝手に生きた罰ですよう」

「自分《おのれ》を責めるんじゃあねえ」

「お末は今、二十四歳です。私に似ていて、顎のところに黒子《ほくろ》があります。お末は私を斬り、死んだものと思ったのか、すぐに立ち去りました。私はこのことを、お前さんに報《し》らせずには、死にきれないと、必死でここまで来ました。そして、加吉さんという見も知らずのお方に、助けていただいたんです。お末に遭うたなら伝えてください。私は決して、お末を憎んでなぞいないとね。憎んでなぞ……」

閉じた瞼《まぶた》から泪《なみだ》が、す、すうっと落ちくぼんだ頬を伝わった。

言うべきことを言ったという安心感からか、官兵衛がいくら躰をゆすっても、大きい眸を開けようとはしなかった。

息は次第に浅くなり、消えいるようになくなっていった。

四

七月二十六日の夜――。

本郷・湯島天神の境内にある掛茶屋はどこも客であふれていた。

今夜は二十六夜である。

さいわい、夜空は雲一つなく、月がこうこうと光っていた。

緋毛氈《ひもうせん》の腰掛けに、大勢の客が腰かけ、酒を飲みながら、観月をたのしんでいる。

無明党の堀田市兵衛は、岡っ引竜雲とともに、湯島天神の境内を歩いていた。

このところ、炎暑がつづいていたが、今夜は涼風が流れている。

江戸の高台はこのほかに九段坂、日暮《ひぐらし》の諏訪《すわ》神社などが、月見の場所として名が知られてる。

湯島天神の裏門から、下谷《したや》広小路にかけては、急な石段がある。

男坂といわれている坂だ。

市兵衛は石段を下りながら、竜雲に言った。

「これは内密にしておいてほしい。実はな、先夜、東大久保の御前（田沼意次）の別邸へ、賊が押し入った」

「えっ、それは——」

「大胆不敵な賊だ。御前は殺《や》られた」

「げっ、本当《まこと》でございますか、本当《まこと》に——」

「なれど、御前も用心深い。殺られたのは影武者であった」

竜雲はほっと胸をなでおろした。

「もしも、影武者でなければと思うと、ぞっとする」

「殺《や》ったのは何者です」

「誰だと思う」

「ま、まさか――」

「そのまさかよ」

「では、あの半次郎が!」

「半次郎ばかりではない。やつめの背後には、恐ろしい黒覆面の徒党がおる」

「どんなやつらで」

「わからん。こうなると、半次郎の行方《ゆくえ》を、早急に捜さねばならぬ。そして、やつめの息の根を絶つのだ。竜雲!」

「へい」

「御前の敵が多いことは知っておろう。なれど、政敵は恐るるにたらずだが、恐ろしいのは、半次郎のように、なにも失うものがない輩《やから》だ。奴《やつ》らはなにを仕出かすかわからぬ」

「堀田さま」

「なんだ」

「あっしには、いちばん大切なことが、今もわからねえので」

「どんなことだ」

「半次郎の奴は、なにゆえ御前を狙《ねら》うので」

「そのことは、大体、察しがついておる。八年前、賊に押し入られて、一家を惨殺された遺児が半次郎だ」

「けれども、それと御前とは、どのような関係があるのでござんしょうねえ」

「そこだけがわからぬが、半次郎を捕えればわかることだ。おれが懸念するのは、奴めと与《くみ》する闇の徒党だ。こやつらめの正体がわからぬ。わかっているのは、御前の命を狙っているということだけだ」

二人は両側が武家屋敷の道を歩いていた。

右側は御書院番・溝口讃岐守《みぞぐちさぬきのかみ》（五千石）、左側は大関信濃守《おおぜきしなののかみ》（下野《しもつけ》黒羽藩、一万八千石）の屋敷だ。

月がどっしりした長屋門を、真昼のように照らしている。

「そして、やつらめは――」

市兵衛がそう言ったとき、武家屋敷の小路から、突然、数人の黒覆面が現われた。

「なにやつ！」

市兵衛が叫んだ。
一人、二人、三人――五人。
黒覆面は総勢五人だ。
なにも言わず、なにも応《こた》えず。いっせいに抜刀した。
「やはりな。やはり尾《つ》けてきたのか。なれど、今度はそうはいかぬ。竜雲、あれを！」
竜雲は呼子笛を吹いた。
鋭い音が夜気を裂いた。
市兵衛は抜刀した。竜雲は鎖を出す。
黒覆面はその間、音もなく市兵衛と竜雲をとり囲んだ。
二十六夜の今夜、武家屋敷の道に人影はない。
じり、じりと黒覆面が二人の周囲を回る。
殺気が次第に昂《たか》まっていく。
市兵衛は一刀流の遣い手だ。
そのかれにして、敵が尋常の相手ではないことがわかる。
正眼にかまえた敵に隙《すき》はないのだ。
市兵衛はかまえを、八双に移していく。

互いに間合いをつめる。
刀身が蒼白《あおじろ》い光を放った。
「たあ！」
市兵衛が正面の敵へ打ち込んだ。
がっきと敵が受けた。
瞬間、蒼い火花が走った。
市兵衛は、すり上げた。
ぱっと離れた。
同時に右横の敵が打ち込んできた。
それを、打ち払い、返す刀を一閃《いっせん》させ、横へ薙《な》いだ。
市兵衛は囲みの外へ脱《で》た。
竜雲は長さ四尺（約一・二メートル）の鉄鎖をブルンブルンと頭上で回している。
機をみて敵の首に巻きつかせる。
それが、竜雲の戦法だった。
そのとき、敵の一人が打ち込んできた。
竜雲の鉄鎖が銀色の蛇のように宙を疾《はし》った。

鉄鎖が刀身に巻きつく。

敵の一人がその機《とき》を待っていた。

「くらえ！」

まっ向から大刀を振るった。

「野郎！」

竜雲は鉄鎖を離し、十手を引っこ抜くや、刀身を打ち払った。

乱れた足音が近付いてきた。

無明党の五人だ。

「退《ひ》け、退け！」

黒覆面の一人が叫んだ。

あっというまに、かれらは小路に消えた。

党員の一人が言った。

「市兵衛どの、大事はないか」

「大丈夫だ。やつらめを追うな。追ってはならぬ。騒ぎを大きくすると面倒だからな」

このことがあるのを予測して、無明党の面々を、離れた距離《ところ》に配置につけておいたことが役に立った。

無明党は老中田沼意次の親衛隊だった。

老中の警護とは別に、老中を目の敵《かたき》にする譜代派の動静を探るために組織されていた。

五

浅草橋場町の別宅では、半次郎を中心に官兵衛、七之介が顔をそろえた。

二十六夜の月明りが別宅の小さな庭も、照らしていた。

七之介が口をひらいた。

「あっしから、旅籠かめ屋の探りについて、お報《し》らせしやす」

七之介は、かめ屋の隣の菊の屋という旅籠に逗留した。

そこも、飯盛女のいる旅籠《ところ》だった。

心付けを渡した女中は、七之介がてっきり、夜の誘いをしたものと誤解して、はやくもしなを作り、

「よい思いをさせますよう」

と言ったという。

七之介は、

「これから、東海道を下って、箱根の湯治場へ行くんだ。それだけは、医者から禁じられているんでね」

と、断わった。

「それで、こんな心付けをいただいていいのかえ」

と、女は言った。

それから、二、三やりとりがあって、七之介は巧みに旅籠の主人《あるじ》の話題に移していった。

「そういえば、隣のかめ屋という旅籠の主人は、どんな人なんだい」

「片足の不自由な人でねえ」

「けど、女がいるんじゃあねえのかい」

「いいえ、鹿十さんにかぎっては女気《おんなけ》は、これっぽっちもありませんよ」

「女じゃあなければ、衆道かい」

「そんなものもいませんよ。鹿十さんは真面目《まじめ》いっぽうの人でね。趣味もなければ、酒も飲まず。そうですねえ、あの人の楽しみはなんだろうねえ」

女はしばらく考えていたが、

「そうそう、月に二度、お参りに行くことですかねえ」

「へえ、どこへお参りに行くんだい」

「それは知りませんよ。弁天さまでも、お参りしているんじゃあないですかねえ」

女は大口をあけて笑った。

七之介は言った。

「というわけで、探りの首尾は失敗《しくじ》りました。面目次第もございません」

じっと聞いていた半次郎は、

「失敗《しくじ》っちゃあいねえぜ」

と、言った。

「といいやすと」

「女もいねえ、酒も飲まねえ、変わり者が月に二度のお参りに行くってえのは、なにか理《わ》由《け》がある。どこへお参りに行くのか、探ってくれ」

七之介は「へい」と大きくうなずいた。

半次郎は官兵衛に向かい、

「官兵衛どん、顔色がすぐれねえが、躰の具合でも悪いんじゃあねえのかい」

「なんでもありませんや。ここのところ、酒をひかえているせいでしょう」

「それならいいが、むりはいけねえよ」

官兵衛は志津のことをだまっていた。

翌日、官兵衛は影安の家を訪ねた。

「おお、官兵衛どんじゃあねえか。先日の件はどうなった」

夏でも出している火の入っていない長火鉢を前に、どんぐり眼の影安があぐらをかき、熱い番茶を飲んでいた。

「お頭目《かしら》、そのことでまいったのですが、加吉さんが尋ねてきたことを、半次郎さんにはだまっていてほしいのです」

「ほう、なにかあったのかい」

「いろいろとね。けれども、すべて私事でございます。いずれ、お話しするときがあったら、お頭目にも聞いていただきますが、ここ当分の間は——。というのも、御承知のように、半次郎さんは命がけで、親の敵を追っていなさる。それも、あと四人というところまでこぎつけやした。そのような大事なときに、心配《しんぺい》はかけられません。それで、お頼みに上がったわけでございます」

影安は番茶をすすり、

「わかったよ、官兵衛どん。おれもあえて訊《き》かねえよ。人にはそれぞれ、わけがあらあな。卯之吉にも口止めをしておくから、安心して、半次郎を助けてやってくれ」

「ありがとうございます。ありがとうございます」

官兵衛は深々と頭を下げた。

第二章　甦る悪夢

一

蛇のように曲りくねった目黒川に沿って、柳生対馬守《やぎゅうつしまのかみ》（大和《やまと》柳生藩、一万石）の広大な屋敷がある。

その対岸の南が、桐ケ谷村と谷山村である。

田畑が広がる一帯に、木立があり、そのなかにわら葺《ぶ》き屋根の家が建っている。

もとは百姓家だったが、島田八郎兵衛が買いとった家だ。

かれはこの家を自分のものにしてから、めったに外出はしない。用心のためもあったが、花作りに楽しさを見出《みいだ》したからである。

（おれも変わったものよ）

と、思う。

まだ、老いこむ齢《とし》ではない。なのに、花と対している間は、すべてを忘れられるのだ。

(これは、八年前の悪業の禊《みそ》ぎなのだ。あのとき、おれは人の命を奪った。なれど今はちがう。花を育て、新しい生命《いのち》に手を貸している)

庭には紅紫色のムクゲの花や白いモッコクの花が咲いていた。

今日は朝から空はくもっていた。

時間《とき》が経《た》つうち、雲は厚くたれこめてきた。

雷が鳴り、やがて雨が降ってきた。

昼間とはいえ、外は暗い。

八郎兵衛は座敷に座し、前庭を叩《たた》きつける通り雨を凝視《みつ》めた。

想《おも》いが激しい雨のようにかけめぐる。

(あのときも、このような雨が降る日だった)

八郎兵衛の双眸《め》の前に、忌《いま》わしい出来事が浮かんできた。

それは、三月《みつき》前のことだ。

殺害《せつがい》された成木屋東助が訪ねてきた。

八年前、凶行を仕出かした後、二度と会うまいと約定した、あの東助である。

そのことを問うと、東助は言った。

「それはよくわかっているが、おれもさるお方から、頼まれた。お前以外の男は思いうかばなかったんだ。それで……」

「誰《だれ》になにを頼まれたというのだ」

「それだけは勘弁してくれ。頼まれごとは、女だ」

「女⁉」

「そうだ。女と一夜を、ともにしてほしい」

「どのような女だ」

「知らぬ。どうしても断われねえお人だ」

「女は梅がおる。若いころとちごうて、女には不自由はしておらぬ。お前が抱いてやればよいではないか」

「それがそうはいかねえ。おれ以外の男という条件つきなのだ」

結局、八郎兵衛は承諾した。

約定を破って訪ねてきた東助には、よくよくの深い事情《わけ》があったのだろう。

その女――末《すえ》と会ったのは、横川を目の前にした、本所入舟町の『紅梅』という料理茶屋だった。

料理茶屋といっても名目だけで、男女に交合の場を提供する、出合茶屋と同じである。

東助が出した迎え駕籠《かご》で『紅梅』に八郎兵衛が着いたのは、六つ半（午後七時）ごろであった。

着いて早々、黒雲のわいた夜空に稲妻が走り、激しい雨が降ってきた。

末という女は先に来ていた。

八郎兵衛と、一夜をともにしてほしいというのは、

（どのような女なのか）

という興味があった。

その女が今、眸《め》の前にいる。

八郎兵衛は瞠目《どうもく》した。

臈《ろう》たけたほっそりした女が、正面を見すえて座していた。顎《あご》に色っぽい黒子《ほくろ》がある。白い長いうなじ。面立ちもすっきりしている。なによりも心を惹《ひ》きつけるのは、吸い込まれるような大きい双眸《め》である。

末は白蝋《はくろう》のような白い両手を畳につけ、

「ふつつかながら、無理を聞いていただき、かたじけのうございます」

と、深々と頭をたれた。

「いや、いや、さ、おくつろぎなされ」

八郎兵衛は言いながら、

（この女は何者だろう）

と、思った。

言葉づかいと物腰は、武家の出のようである。

しかし、そうだとは言いきれぬなにかがあった。

八郎兵衛はますます、末に興趣をもった。

ほんのり酒の酔いに頬を染めた末を見ていくうち、

（この女は仮面をかぶっている。臥床《ねどこ》でその仮面をはぎとってやる）

と、好きごころがわいてきた。

二

淡紅色の長襦袢《ながじゅばん》をはおった末は、臥床に横になった。結い上げた髪をほどき、鹿の子《かのこ》絞りの布で、髪を束ねている。

雨はまだ降っていた。

雷鳴がときおりとどろく。

「行灯《あんどん》を消してくだされ」

末は言った。

枕《まくら》の上に長い黒髪が広がっている。

八郎兵衛の情欲に火がついた。

かれは下帯をとる手ももどかしく、末の長襦袢の胸もとを、がばっと開けた。

障子窓の外で稲妻が走った。

蒼白《あおじろ》い光の筋が、末の白い裸身をくっきりと浮かび上がらす。

八郎兵衛はかたちのよい乳房に手をかけようとした。

その瞬間、息をのんだ。

つややかな両の乳房に、二匹の赤い蛇が舌を這《は》わせていたのだ。

蛇は刺青《いれずみ》であった。

白磁のような肌。お碗《わん》を伏せたような張りきった乳房。

その乳房にからみ合った蛇が、一匹は左の乳首に、もう一匹は右の乳首に、糸のようなどす黒い舌を這わしている。

二匹の蛇は、末の息遣いで生きもののようにうごめく。

行灯を消してほしいといった理由《わけ》が、これでわかった。

稲妻が走った。
二匹の蛇が浮き上がる。
そして、白い肌。
仰臥《ぎょうが》したまま、じいっと八郎兵衛を凝視《みつ》めていた末が、細い腕でかれの頭を抱いた。
八郎兵衛は末の乳首を吸った。
「あーっ」
末がのけ反る。
うわごとのように呟《つぶや》く。
「蛇淫《じゃいん》だ。蛇の呪《のろ》い……」
末の面は変貌《へんぼう》していた。
いや、少なくともそう見えた。
双眸《め》はつり上がり、口は耳まで裂けたように見えた。
蛇の性がのり移ったかのように、躰《からだ》をよじる。
「はっ、はっ！」
と、吐く息が激しい。
稲妻がまた走った。

乳房の蛇が動く。
八郎兵衛のものは萎《な》えてきた。
妖《あや》しの世界に衝撃を受けたのだ。
（これではいかぬ）
と、思った。
だが、焦れば焦るほど、男としての存在がなくなっていく。
「蛇が許しませぬ。蛇が」
末が口走りながら、くるっと起き上がった。
後ろ向きに這って、またがった。
稲妻が光った。
八郎兵衛が「ああ」と低く声を上げる。
末の白くほそい背中から、腰、円い臀部《しり》にかけて、赤い蛇がいた。
一匹ではない。
無数の蛇が宝珠型にからみ合っている。
ある蛇は鎌首《かまくび》をもたげている。互いに噛《か》みあっている蛇もいた。
背中をまるめ、末は八郎兵衛のものを口にふくんだ。

巧みな舌技を加えていく。
雷鳴がとどろく。
雨がさらに激しくなったようだ。
いつか萎えたものに、精《き》が入っていった。
くるっと振り向いた末はそれをつかみ、上になったまま、自分《おのれ》のなかへ埋めた。
そして、激しく揺動した。
八郎兵衛の双眸の前に、乳房の赤い蛇が躍る。
末は揺動をやめぬ。
のけ反る。
稲妻が走る。
雷鳴。
激しい雨。
狂った空の下で、八郎兵衛と末は声を上げた。
痴態は終わった。
精《き》を使い果たした八郎兵衛は、虚脱のなかにいた。

かれの耳もとで、末が囁《ささや》いた。

「お情け、かたじけのうございます。わたしの躰のなかに棲《す》む蛇は、時折《ときおり》、淫を求めて騒ぐのです。そのときは、自分《おのれ》で自分が抑えきれなくなってしまいます」

「もし、淫が満たされぬときはどうなる」

「人を殺《あや》めるかもしれませぬ」

「怖《おそ》ろしいことよ」

「けれども、蛇はどなたにも棲《す》んでおります。あなたさまの躰のなかにも」

八郎兵衛はドキッとした。

八年前の忌まわしい傷にふれられた思いだった。

「蛇か――」

と、呟いた。

「そうです。人間ならば誰の躰のなかにも。あなたさまに引き合わしてくださった、成木屋東助さまにも、過去《まえ》をさぐれば、蛇の所業、蛇がそそのかした、怖ろしいことがあるはずです」

稲妻が走った。

蒼白い光のなかで、末が微《かす》かに笑った。

「うふ、ふふふ」

八郎兵衛の背筋に、ぞくっとするものが、さ、さーっと走った。

三

旅籠《はたご》かめ屋から片足をひきずるようにして、主人《あるじ》鹿十が駕籠に乗った。

今日は月の半ばの日だ。

「月に二度お参りに行きますよ」

と、言った飯盛女の言葉は、本当《まこと》だった。

かめ屋のすじ向かいの茶店で見張っていた七之介は、腰掛けから立ち上がった。

(鹿十がどこへ行くのか)

駕籠は北西へ向かった。

桜の名所の御殿山のわきを通り、松平相模守《さがみのかみ》(因幡《いなば》鳥取藩、三十二万五千石)の屋敷のわきを通る。

七之介ははっとした。

かめ屋の主人の駕籠を、総髪の浪人が尾《う》けていたからだ。

浪人が姿を現わしたのは、松平相模守の屋敷のはずれである。

（あの浪人はなんだ）

七之介は浪人に気付かれぬように尾けて行く。

この辺りは、江戸の郊外である。

田畑のなかを、目黒川が流れる。

その近くに百姓家が点在する。

やがて、鹿十の乗った駕籠が、人家の建ち並ぶ村へ入っていく。

ここは、雉子《きじ》神社を中心にできた村だ。

『武蔵国《むさしのくに》風土記』に、

『神社は祭神天手力男命《あまのたぢからおのみこと》にして、天智《てんじ》天皇の六年（六六七）始め神札あり』

とされている。

神社の周囲を木立がかこみ、境内の入り口の左右に、茶店が並んでいる。

鹿十の乗った駕籠は、一軒の茶店の前でとまった。駕籠は帰りも使うらしく、その場で待っている。鹿十ひとりが茶店へ入っていった。後から浪人も茶店に入る。

七之介は少しの間をおき、同じ茶店の縁台に腰をおろした。小女に味噌田楽《みそでんがく》をたのんだ。

浪人は店の奥の腰掛けに腰をおろし、茶をすすっている。

七之介をちらっと見て、すぐに外に視線をうつす。年のころは、四十格好。総髪の小ざっぱりしたねずみ色の着流しである。

鹿十の姿は見あたらない。

顔なじみの客なのか。店の奥の小座敷に上がったらしい。

そのとき、茶店の外に駕籠がとまった。

迎え駕籠だった。

（一梃《ちよう》は鹿十が乗ってきた駕籠だが、今、来た迎え駕籠は、誰が乗るんでえ。それに、この浪人は何者なのか）

七之介は田楽を頬張り思案した。

茶店の外の田畑に、夏の日が躍っていた。

大根の葉に蜻蛉《とんぼ》がとまっている。

しばらくして、奥のほうから人の出てくる足音がした。

出てきたのは、月代《さかやき》を青々と剃《そ》った五十がらみの侍で、その後から、鹿十が出てきた。

茶店にいた浪人が立ち上がり、先に外に出た。

迎え駕籠に乗ったのは、侍のほうであった。

鹿十は待たせてあった駕籠に乗った。

駕籠は右と左にわかれた。
侍の乗った駕籠の後から、浪人が足早やに歩いていく。
どうやら、侍と浪人は知り合いらしい。
鹿十の駕籠は、品川宿のほうへ帰っていく。
七之介は尾行をさとられないよう、わざと駕籠から離れた。
視野のなかへ入る距離をおいた。
駕籠は目黒川沿いの道を行く。
どのくらい歩いたろうか。
彼方《かなた》を行く浪人の姿が消えた。
この辺りに人影はない。
(あの浪人は、どこへ行ったんだ)
駕籠を尾けながら、七之介はそう思った。
道は右側が川。左側は竹藪《たけやぶ》になっている。
そのときだ。
竹藪のなかから、突然、浪人が七之介の双眸《め》の前に立ちふさがった。
「どこへ行くのだ」

浪人の眼差《まなざ》しには、殺気がこめられている。

「へい。ヤボ用がありやしてね」

「駕籠を尾けてきたのであろう」

「駕籠!?　冗談じゃあありやせん。あっしの行く方向に、駕籠が先に行ったまでで」

「屁《へ》理屈を言うな。ならば訊《き》こう。なんの用がある」

「そんなことは、こちとらの問題で、ご浪人さんに言う必要はありませんや」

「言わしておけば、いい気になりおって――」

矢にわに抜刀して、七之介に斬《き》りつけてきた。

七之介は猿《ましら》のように跳んだ。

「うぬっ！」

刃唸《はうな》りを上げて、浪人が斬り込んでくる。

右に左に跳んだ七之介は、懐の目つぶしを、はっしと浪人の面上に投げつけた。

「うわわっ！」

浪人は叫んだ。

かれがやっと、双眸《め》を開けたときには、七之介の姿は消えていた。

四

橋場町新田は荒川が南へ蛇行する一画にある。ここから南へ回ると、荒川は大川（隅田川）と呼び名もかわる。

官兵衛はすぐ近くの済正寺へ行った帰り、橋場町新田へ立ち寄った。

雑司ケ谷村の子育て地蔵の堂守をやっている加吉の小屋で、志津は身罷《みまか》った。

その亡骸《なきがら》をよく知っている済正寺の住職にたのみ、葬ると白木の墓標をたててやった。

今日は志津の初七日である。

官兵衛は志津の墓に香華《こうげ》をたむけた。

（お志津はすべておれに告げぬうちに他界した。すべての責任《せめ》を自分《おのれ》ひとりで背負って。けれども親としての責任は、おれにもあるんだが、ゆるせねえのはお末の所業だ。いくら親を恨んでいるからとはいえ、刀をふるうとはどういうことなんだ。そのことだけは、ぜったいにゆるせねえ）

川面をかすめて、水鳥が飛んでいく。

青空に夏雪が浮かんでいる。

官兵衛は川岸に腰をおろした。

沈思にふけるときは、川を見たくなる。

ゆったりした川の流れに乗り、小舟がすべってきた。

小舟の上に、半白の髪の武士がいた。

数本の釣竿《つりざお》が立っている。

釣り場をさがしているらしい。

荒川が大川にかわるこの辺りには、もう一本の川、新綾瀬川が流れ込んでいる。

釣り場としては、適した場所《ところ》なのだ。

老武士と官兵衛の眼《め》が合った。

その瞬間——。

「おお、官兵衛どのではないか」

老武士が声をかけた。

「あ、川波さま」

無明党の川波宗之助であった。

十年前の夏、妻女の墓参の帰り、霍乱《かくらん》（日射病）で倒れた宗之助を、通りかかった官兵衛が助けたことがあった。

無明党の堀田市兵衛は、そのことを宗之助から聞いた。

それで、宗之助は官兵衛を通じ、半次郎の行方《ゆくえ》を探らせたのだが、失敗に終わった。

宗之助は小舟を川岸に近付けた。

杭《くい》に小舟を舫《もや》い、岸に上がってきた。

「このようなところで遭うとは奇遇じゃな」

「川波の旦那《だんな》は、釣りでござんすか」

「実はの、お務めを辞めての。おかげで、気分がせいせいするわ。それで、天気のよい日は、好きな釣りをな」

「結構なご身分で」

「今はな。なれど、こうのんびりした日が、日々つづくと、どうなるかな」

「旦那のように、ご趣味をもっていれば、老け込むことはござんせんよ」

「そうかの。ところで、官兵衛どのは――」

「相変わらずでござんすよ」

「ほう。わしは押上村に住まいおる。官兵衛どのはどこに住まいを」

「住まいなぞは、決まっておりやせん。生まれたときから、根無し草でござんすよ」

「たまには、わしの家へ寄ってくれぬか」

「へい。ありがとうございやす」

宗之助は少し間をおいて、

「実はなあ、官兵衛どのに、ぜひとも伝えたいことがあっての。ここで遭うたのも、わしの一念が神に通じたからだとも思う」

「あっしに話したいことってなんでやすか」

「半次郎どののことじゃよ」

官兵衛は、はっとしたが、何気ないふりをして訊《たず》ねた。

「半次郎さんねえ」

「官兵衛どのも察しておったと思うが、無明党の栗山外記《くりやまげき》どのを斬った半次郎を、党の面々は、血眼《ちまなこ》になって捜しておる。わしも、いちじ、探索を命じられた」

「なにゆえ、そのような大事なことを、あっしに打ち明けるので」

「わしはもうお務めを辞めた身じゃ。かかわりはないからじゃよ。それに、わしは半次郎という男はしらぬ。半次郎がどうなってもかまわぬが、官兵衛どのが巻き込まれては困るのじゃ。助けてくれた恩誼《おんぎ》があるからの」

「旦那のお気持ちは、涙がでるほどうれしゅうござんすが、あっしは半次郎とは、これっぽちもかかわりはねえので」

「そうか。それを聞いて安堵《あんど》いたした」

「けれども、旦那は探索をしなさったと言いやすが、どのようなところを、捜しなすったので」

「影安のところじゃよ。なれど、うまくはいかなかった。そのとき、わしは思った。わしには、所詮《しよせん》、お務めは向かんとな。なれど今は平穏じゃよ」

川波宗之助は微笑《ほほえ》んだ。

五

宗之助と別れた官兵衛は、田畑が広がる道を、南へ進んだ。

荒川沿いにある第六天社のわきを曲がった。

土塀の角からのぞくと、棒縞《ぼうじま》の着物の裾《すそ》を端折《はしよ》り、角帯をしめた男が歩いてくる。

官兵衛の姿が消えたのを見て、男は急ぎ足になった。

(おれを尾《つ》けてきやがったな。あの野郎は、いってえ——)

官兵衛は、はっとした。

小柄で金壺眼《かなつぼまなこ》の男は、岡っ引の竜雲であった。

官兵衛は社の裏側に回った。

そこに、百姓の使っている小舟が舫ってあった。すぐに舫い綱をほどき、櫨《ろ》を使い対岸へ向かった。対岸は掃部《かもん》宿だ。

葦《あし》の密生するなかへ小舟をとめ、じっと社の裏を見た。そこでは、竜雲が舫っている小舟はないかと探している。だが、そんなものはあるはずはない。

（ざまあみろ）

官兵衛は葦のなかで、ほくそ笑んだ。

それから、半刻《はんとき》（一時間）後、半次郎の別宅にもどると、官兵衛はことの顛末《てんまつ》を、半次郎に報告した。

「すると、その川波宗之助というお侍は、まだ、お務めを辞めてはいねえというわけだな」

「と考えていいでしょう。うまいことを言って、あっしをたどって、半次郎さんの居所をさぐっているとみていいと思いやす。岡っ引の竜雲が、あっしを尾けたのが、なによりの証拠でさあ。竜雲はうまくまきやしたが、気をつけねえと」

「しつっこい野郎どもだぜ。官兵衛どんには、苦労をかけるなあ」

「そんなことはどうでもいいことで」

そこへ、七之介がもどってきた。

かれは、浪人の尾行の一部始終を報告した。

「目つぶしを投げつけて、浪人があわてふためいた隙《すき》に、竹藪のなかに身をひそめやした。浪人はぶつぶつ言いながら、歩いていきましてね。その後を、距離をおいてまた尾けていきやした。今度は気付かれるようなドジはふみやせんや。浪人はしばらく歩き、一軒の百姓家に入っていきやした」

七之介はその百姓家にしのび込んだ。

生け垣伝いに前庭に入ると、床下へもぐり込み、話をぬすみ聞きした。

「島田さん。今回も怪しいことはなにもございませんでした。売上金は無事です」

「そうか。なにごとも慎重にやらぬとな。もう退っていい」

「では──」

浪人は部屋を出て行く。

足音でそれがわかる。

あとは銭をかぞえている音がした。

しばらくして、島田と呼ばれた男が、

「梅、茶だ。茶を持って来い」

と言う声が聞こえてきたという。

七之介は言った。

「それから、あっしは雉子神社の茶店へとってかえし、茶店の小女に、品川宿の旅籠の主人《あるじ》鹿十が、誰と会っていたかを訊きました。その結果、わかったことは、鹿十は毎月二回、茶店で島田というお侍と会っていましてね。そのたびに、半月の旅籠の売上金をわたしていた。話の様子から、かめ屋の陰の主人《あるじ》は島田で、鹿十は雇われ番頭ということでした」

「七之介、よくやってくれた。これで、すべてが読めた。島田という侍は、錦屋《にしきや》を襲った強盗団の一人、島田八郎兵衛にちげえねえ。奴《やつ》めは用心のため、裏から旅籠かめ屋を、仕切っていた。かめ屋を買いとった金は、分配金をあてがったんだろう」

「半次郎さん、島田八郎兵衛は用心深けえ奴でやす。なにか手立てはありやすか」

と、官兵衛は訊ねた。

「おれも考えたが、いつもの方法でいこうと思うのだが」

「いいでしょう。けれども、こっちも慎重にことを運ばねえとね」

官兵衛はそう言いながら、なぜか悪い予感をもっていた。

六

実相寺はところどころに木立と草原の広尾原にある。

寺の裏は渋谷川だ。

白い寺の土塀に、地からわいたように黒覆面が、ぬっと現われた。

黒覆面に黒の着流し、妖刀《ようとう》村正を帯した半次郎である。

島田八郎兵衛に呼び出し状を便り屋に出したのは昨日のことである。

『明夜五つ（午後八時）、広尾原の実相寺前に来られたし。急ぎ、話したき儀あり。必ず約定を守ること。　　闇《やみ》の大黒天』

用心深い八郎兵衛が来るか来ないかは五分五分だった。

「来ねえときは、奴の家へ乗り込むまでよ」

と、半次郎は官兵衛と七之介に言った。

月がかがやいている。

五つは過ぎていた。

半次郎は月明りのなかに立った。

微《かす》かな風が流れていた。

渋谷川のほとりの草むらで蛍が光っている。

そのとき、夜気に変化が起きた。

彼方の木立から、黒い塊が現われたのだ。

それは、黒の着流しの侍たちだった。

かれらは総勢六人いた。

「島田八郎兵衛、参上した。闇の大黒天どの」

「豪勢な人数をそろえたものよ」

「それは、闇の大黒天どのには、関係ないこと」

「いかにも」

「こうして来たからには、なんの用があって呼び出されたか、お話しねがおう」

「八年ぶりの再会にしては、ご挨拶《あいさつ》だな。用はあってなきがごとし」

「なんだと」

「島田八郎兵衛と会いたかったのが、第一」

「して第二とは?」

「それは、すぐにわかる」

突然、半次郎と対していた男の背後《うしろ》で、哄笑《こうしょう》が起こった。

六人のなかで、いちばん長身の男だ。

「闇の大黒天とは、まっ赤なうそ。お前は闇の大黒天ではないわ」

「なにゆえ、そう申す」

「島田八郎兵衛はおれのことよ。八年の歳月が経ったとはいえ、忘れるはずはないわ。八年前、錦屋をおそうとき、貴様だけ黒覆面をなし、一人一人の面体を見て、おぬしが島田八郎兵衛だなと、強くうなずいたではないか。忘れたとは言わせん!」

半次郎の口調が変わった。

「そんなことは知っちゃあいねえ。おれの目的は手めえの命をもらうことだからな」

「な、なんだと! 理由《わけ》を言え、理由を」

「教えてやるから、ようく聞け。おれは手めえらに押し込まれた、錦屋の伜《せがれ》、半次郎だよ。

手めえを捜し求めてきたんでえ」

「そ、それでは、成木屋東助を殺《や》ったのは」

「おれだよ。今夜がこの世の見収めだ。覚悟しろい!」

「うぬが。殺《や》れ、殺ってしまえ」

島田八郎兵衛の背後にいた五人が、いっせいに抜刀した。

半次郎も村正を抜き払った。

そのまま刀身を肩にかつぐ。

無頼剣法だ。

月が村正をぎらっと光らす。

正眼にかまえた一人の敵が、じり、じりと半次郎に迫る。

無頼剣法に間合いなど必要ではない。

間合いをはかっていた敵は、無造作に迫る半次郎の動きに狼狽《ろうばい》した。

その一瞬の隙を見逃さなかった。

「とう！」

男が打ち込んできたときには、半次郎はそこにいなかった。

飛鳥のようにとび込んだ半次郎は、村正を瞬速に薙《な》ぎながら疾《はし》っていた。

「うっ！」

男は腹を裂かれ、噴血して殪《たお》れた。

「たあ！」

二番めの敵が振りおろしてきた。半次郎が憤怒《ふんぬ》の一撃を打ち込んだ。
相打ち——。
と、みえた一瞬、半次郎は相手の刀をはじきとばし、斬りおろしていた。
「うわわっ!」
小砂利を砕くような音がした。
敵は面上を深々と割られ、朱鬼のようになって殪れた。
残る四人が半次郎をとり囲んだ。
そのとき、二条の光が夜気を裂いた。
半次郎に従い、土塀の陰にかくれていた、官兵衛の放った手裏剣だった。
「あっ」
「うっ!」
一人は眉間《みけん》を、もう一人は喉笛《のどぶえ》を刺されて殪れた。
残る敵は二人となった。
半次郎は島田八郎兵衛に向かっていく。
残った一人には、官兵衛と七之介が脇差《わきざし》を振るっておそいかかった。
今や彼我の立場は逆転した。

用心深い島田八郎兵衛も、このことは予期しなかった。

「おのれ！」

八郎兵衛はまなじりを決して、半次郎に対した。半次郎は言った。

「島田！　約定をしろい」

「どんなことを」

「手めえが負けたら、強盗団に誘い入れた奴めの名前を言うんだ」

「わかった。なれど、それは果たせぬ。貴様を斬るからな」

「そうかい。手めえのざれごとも今だけだ」

「たあ！」

突然、島田が打ち込んできた。

半次郎が、がっきと受ける。

刀身を擦り合わせる。

ぱっと離れる。

島田八郎兵衛は正眼にかまえる。

半次郎は下八双のかまえから、ず、ずっと肉迫した。

八郎兵衛が打ち込んだ。

それを受けた。

刀身をまき込むや、「えい！」と上へはねた。

「あっ！」

八郎兵衛の刀が手からはなれ、宙にとんだ。

そのときには、半次郎が鋭い突きをおくりこんでいた。

刀身は深々と、八郎兵衛の胸に突き刺さっていた。

八郎兵衛が胸を押え、がくっと前のめりに倒れた。かれの躰を蹴《け》とばすと、半次郎は八郎兵衛のわきに立った。

「半次郎さん」

残る敵の一人を殪した官兵衛と七之介が、駆けてきた。

苦痛に呻《うめ》く八郎兵衛に半次郎は言った。

「侍なら侍らしく、約定を守れ。手めえを強盗団に誘ったのは誰だ。誰だか言え！」

「う、う、う」

「言えば、楽にさせてやる」

「おれを誘ったのは、……と、……十勝屋……伊助……」

「誰だ！　どこの誰なんでえ」

「廻船《かいせん》問屋……」

あとは何を訊いても答えぬ。

八郎兵衛の息遣いは次第に弱くなっていった。

第三章　昏茫のなかで

一

柳橋の船宿『五平』の離れに、千加は待っていた。ここは、殺しの組織《しくみ》三日月の一員だった、園との逢瀬《おうせ》に使っていた船宿《ところ》だ。

その園は生き人形となって、老中田沼意次の別邸で、斬死《ざんし》した。園の死後、妹分の千加がかの女の遺志をついだ。

「先夜は危ないところを助けていただき、かたじけのうございます」

と、千加は頭をさげた。

田沼をおそい、東大久保の田沼の別邸へ、斬り込んだことを言っているのだ。

白い項《うなじ》が目にまぶしい。

「お園はかわいそうなことをしたな。お園が殺《や》った田沼は、影武者だった。つまり、徒労だったのだ。本物の田沼はまだ生きている」

「それゆえに、私たちも諦《あきら》めてはおりませぬ。憎い田沼を殺《や》るまでは——」

「それほど、憎いと思う理由《わけ》はなんでえ」

「先夜もお話しした通り、さるお方から、田沼暗殺をたのまれたからでございます」

「そのさる方とは」

「申し上げられませぬ。それが組織《しくみ》の掟《おきて》ですから」

船宿で用意した酒肴《しゆこう》が、船膳《ふなぜん》にのっている。

千加の頰《ほお》は、盃をはこぶうち桜色にそまっていった。

園と会うとき、半次郎は小間物商と名乗っていた。だが、田沼の別邸襲撃のとき、半次郎だと知られていた。

(この女は、おれからなにかを探ろうとしている。その何かがわからねえが、今はこのまにしておこう)

この離れは渡り廊下でつながっている。

誰《だれ》も人は来ない。一種の密室である。

やがて、二人は隣室へ入った。

そこには、布団がのべられている。

千加と肌を合わせるのは、これがはじめてだった。

そのことを覚悟していたのか、千加は、落ち着きはらっていた。

昼間は炎暑だったが、夕暮れとともにうそのように涼しくなった。近くで蜩《ひぐらし》が鳴いている。半次郎の前で、千加はさっと諸肌《もろはだ》をぬいだ。

「おお」

半次郎はもう少しで声を上げるところだった。小麦色の肌に二匹の細い白い蛇が、両の乳房のまわりに、対称的に円を描いていた。

刺青《いれずみ》である。

千加は後ろを向いた。

ほそい背中一面にも、たくさんの蛇が宝珠型にからみ合っていた。

じっと凝視《み》ていくと、白蛇が淡紅色に染まっていく。

「早く抱いてくださいませ。蛇が紅色に染まっていくのは、あたしが……あたしの情欲《おもい》が昂《たか》まっていく証《あかし》でございます」

半次郎はぱっと千加の裾《すそ》をまくり手を入れた。花芯《かしん》はもう泉で濡《ぬ》れている。

半次郎は刺青の白蛇に手をそえて、両の乳房をもみしだく。

「あーっ」
千加が溜息《ためいき》に似た声を上げる。
半次郎はゆっくり乳房を愛撫《あいぶ》していく。
両の乳房の白い蛇も、淡い紅色に染まっていった。
「ああ、もう、もう」
千加は矢にわに起き上がった。
そのまま上になり、半次郎のものを口にふくむ。
そして、巧みな舌技を使い出す。
半次郎の双眸《め》の前には、花芯があった。
かれは千加の腰を抱き、蕾《つぼみ》から花芯に舌を使う。
千加は性急に舌技を加える。
蛇の舌のようである。
炎のような舌がふぐりを這《は》っていく。
両手で押しつつみ、半次郎の屹立《きつりつ》したものの裏側にまで蛇が這い出す。
さしもの半次郎も、花芯の奥へ舌を這わせていたが、「うっ」と声を上げる。
そのまま、千加を伏臥《ふくが》させると、後ろから一気に埋めた。

「あーっ！」

千加が声を上げる。

双眸の前で宝珠の白蛇が、炎のように燃え、まるで生きているかのようにうごめく。

半次郎は一深三浅法を使い出した。

「うっ、うっ、うっ」

千加は敷布団をつかみ、上体を反らす。

今度は仰臥させると、一深九浅法にかえていく。一回は深く、九回は浅く入れる。

この御法は女を焦《じ》らし、狂わさずにはおかぬ。男はおのれの感情を律し、情欲のおもむくままにはしない。ひたすら抑制し、女の狂うさまを醉《さ》めた双眸でみなくてはならぬ。

色情の世界とは、そういうものだ。

ゆえに、御法と呼ぶ。

奔放な若者だった半次郎に、手とり足とり、御法の真髄を伝授してくれたのは、吉原の遊女・信濃《しなの》だった。

「殿方の性技は、自分《おのれ》だけの愉悦《たのしみ》ではいけないのです。女性《にょしょう》を愉《よろこ》ばせ、自分《おのれ》を満足させる。女性というのは、官能のツボを持っております。そこを衝《つ》くのです。情欲に負けてはいけませぬ」

「むずかしいものだぜ」

「むずかしい？　とんでもない。交接と申すのは、修行です。凄愴苛烈《せいそうかれつ》な修行なのです。早く精《き》を使い、イッてしまうのは討死です。そうではなく、情欲のおもむくままにしたいという思いを殺し、長い愉悦のなかに身をおくことが、大切なのですよ。あたしは、性技《これ》しか知りません。一人前の男になりたかったら、修行をつむのです」

と、信濃は言った。

姉のような遊女である。

そして、半次郎にとっては、かけがえのない女でもある。

今、その信濃から授かった御法を駆使する。

やがて、半次郎は揺動をはやめ、至上の愉悦のなかへとび込んでいった。

すべてが終わったとき、千加はぐったりとしていた。

「このような性技《こと》は、はじめてでございました。お園ねえさんが、うらやましく思います。あなたから、このような愛撫《こと》をうけたのかと思いますと」

「それはちがうぜ。お園には蛇の刺青はなかったからな」

「蛇がいるとどうなるのでございましょう」

「狂う」

「狂う⁉」

「蛇という魔物がついていると、男も女も、正気じゃあなくなるということよ。蛇が人を狂気の世界に導いていくんだ」

「けれども、あたしという女は変わりませぬ」

「そうじゃあねえ。蛇がいることによって、お前さんも変わる。それは、自分《おのれ》でいちばんよく知っていると思うが」

「…………」

「一体、なんのために、白蛇を躰《からだ》に入れたんだ」

「あたしのなかに、蛇が棲《す》みついているからです。蛇は執念深い生き物です、ひとたび肌を合わせたお方を忘れたりはいたしませぬ」

「怖いねえ」

「そうでしょうか」

「怖い。怖い。お前さんも、お前さんの背後にいる三日月という組織もなあ」

千加は「ふふふ」と笑った。

二

大川が永代橋《えいたいばし》のたもとで西北へ切れ込んだところが、霊厳島新堀である。その南詰の一帯が、南新堀一丁目である。

廻船《かいせん》問屋十勝産の店は、そこにあった。

大坂と江戸の間を、酒、米、藍玉《あいだま》、そうめん、酢、醤油《しようゆ》、ろうそくなどを運ぶのを、主な業務としている。

いくつかある廻船問屋のなかで、十勝屋は中堅どころの店である。

官兵衛と七之介は、十勝屋の内情をさぐった。近所の聞き込みの結果、当主の伊助《いすけ》は、札付きの遊び人で勘当同然だったとか。しかし、父親の安造が死ぬと、家に出入りするようになったという。

「伊助さんを遊びの世界に引き入れたのは、十勝屋さんの持ち船の船頭だったということですよ」

十勝屋の裏にある居酒屋の主人は、官兵衛にそう言った。

「それで、伊助さんは今は、真面目《まじめ》に家業に精を出しているんで」

「冗談じゃありませんよ。商いは番頭の与三次さんが目を光らせているので、大過はありませんがねえ」

「じゃあ、伊助さんは名ばかりの当主《あるじ》なのですかね」

「そうですよ。安造さんが急死したから、これさいわいに家に帰ってきたようなわけでね。遊びの味は、ちょっとやそっとでは忘れられるものじゃあないですよ」

「伊助さんには、遊びの仲間が今でもいるので」

「そうらしいですね」

「伊助さんとは、どんな人ですか」

居酒屋の主人は、さすがに言い過ぎたと思ったのか、

「旦那は町方の方でございますか」

と、官兵衛を見た。

官兵衛は手を横に振り、

「いえ、あたしはそんな怖《おそ》ろしい者ではございませんよ。大坂から船荷をおねがいしたくて、十勝屋さんは信用できる問屋《みせ》か、それで根掘り葉掘り、訊《き》いたわけでございます」

小ぎれいな身なりの官兵衛の言葉を聞いて、居酒屋の主人の疑いは晴れたようである。

「それでしたら、今、申し上げた通り、番頭の与三次さんがしっかりしていなさるから、十勝屋さんは信用のおける店ですよ」

と、言った。

同じころ、七之介は十勝屋の持ち船の若衆を霊巌島新堀に建つ、蔵のものかげでつかまえていた。

紺色の着物を尻端折《しりはしょ》り、角帯をしめ脚絆《きゃはん》をつけ、白足袋、草履ばきの七之介を、岡っ引とでも思ったのか、若衆の面上に警戒の色がはしった。

もちろん、それは七之介の計算の上である。

「あっしになにか」

「ちょっと訊きたいことがあってよ。十勝屋の主人《あるじ》、伊助のことでえ」

「伊助さんがなにか」

「調べてえことがあってな。伊助はいつも、店にいるのかえ」

「さあ、どうでしょうか」

「とぼけるんじゃあねえ」

「とぼけてはいませんよ。あっしが伊助さんを見たのは、一度しかないので」

「じゃあ、始終、店にはいねえのか」

「店は番頭の与三次さんが仕切っているのでね。伊助さんとは、仲がよくねえとか聞いております よ」

「伊助っていうのは、どんな野郎だ」

「痩せている大男ですよ。いつも、そばに矢吹の正五郎がついています」

「矢吹の正五郎⁉」

「へい。見るからに陰気くせえ男でね。あれは伊助さんの用心棒にちがいねえと、あっしらはうわさしてまさあ」

「番頭の与三次というのは、どんな男だ」

「蒼白《あおじろ》いいかつい顔の男でね。あっしら水夫《かこ》にとっちゃあきびしい人でしてね。いつも、いらいらしている人でさあ。廻船問屋の店を仕切っていなさるから、仕様がねえのかもわかりませんがねえ」

「与三次の歳《とし》はいくつだ」

「五十がらみですよ」

「伊助は」

「三十を越えているんじゃあないですか」

「女房はいねえのか」

「道楽者でお内儀《かみ》さんはいないそうです」

第四章　半次郎、倒れる

一

深川の富岡八幡宮は永代島《えいたいじま》にある。

祭神は応神天皇相殿《あいでん》、右天照大神宮、左八幡大明神の三座。

『江戸名所図会』に、

『寛永五年（一六二八）の夏、弘法大師の霊示あるにより、高野山の両門主、碩学《せきがく》その外《ほか》、東国一派の衲僧《のうそう》、この永代島に集会し、一夏九旬《いちげくじゅん》の間法談あり』

と、ある。

祭礼は隔年八月十五日。

『この日は神輿《しんよ》三基、本所一の橋の南、蔵舟浦《おふねぐら》の前なる行祠《おびたしょ》へ神幸、同日帰輿《きよ》す』（『江戸名所図会』）

今日はその祭礼である。

八幡宮の境内には、屋台が並び、雑踏の間を大幟《おおのぼり》がはためく。

茶店には人があふれ、いくつかの茶屋からは、三味線の音と、深川芸者の嬌声《きょうせい》がもれてくる。祭特有のはなやいだ雰囲気が満ちていた。

毎日つづいた炎暑の日も、やっとおさまりかけているとはいうものの、祭の人込みはかなりの熱気をおびている。

その富岡八幡宮を前にした、永代寺門前町の茶屋『永楽』の二階の小座敷に、堀田市兵衛と川波宗之助がいた。

「せっかく、官兵衛とやらを見つけたのに、竜雲がドジをふんだために、居所をつきとめられなかったというのだな」

と、市兵衛はいまいましそうに言った。

「そうです」

「竜雲の奴《やつ》め！　こらしめてやらねばなるまい」

「堀田どの、これからどうなさるおつもりですか」

「川波どのが、私の立場であったらどうする」

「さよう。また、振り出しに戻るのは、いかがですかな」

「振り出しに戻る!?」

「此度《このたび》のことのもとを正せば、振り出しは、半次郎をさがすことに始まりました。その半次郎は影安のところの身内だと聞いております」

「それで」

「ですから、半次郎をさがすために、官兵衛をたどることは、一時中断するのです。此度は私の根強いさぐりが功を奏したといっても、あれは僥倖《ぎょうこう》にすぎませぬ。一筋なわではいかぬ官兵衛は、前よりもいっそう警戒しているはず。その官兵衛を、再度見つけることは、至難のわざです。ゆえに、振り出しに戻って、影安をさぐる。時間《とき》がかかるかも知れませぬが、半次郎はいつか影安のところに現われるでしょう。よしんば、半次郎が現われなくても、影安のほうから、半次郎に接触するやもしれませぬ」

「なれど、その方法《て》は使うた。お袖《そで》という女を、影安の家へ下女として住み込ませ、半次郎をさぐらせた。確かに半次郎は影安の家へ来たが逃げられてしまったからな」

「そこがつけ目だとは思いませぬか」

「どういうことだ」

「影安としては、もう二度と自分《おのれ》をさぐりには来ないと思っているはず。失敗した同じ手をまた使うのです。ただし、今度は影安の家の中からでなく、外から動静《うごき》をさぐる。それを、竜雲にやらせたらいかがですかな。叱責《しっせき》されると思っていた竜雲は、重要な役めを仰せつかって、張り切ることでしょうしね」

市兵衛はうなった。

そして、同時に日頃《ひごろ》は頼りにならぬ老ぼれだと、なかば莫迦《ばか》にしていた川波宗之助を、

(こいつは、ひょっとすると、あなどれぬ奴かも知れぬ)

と、思った。

祭の喧騒《けんそう》が聞こえてきた。

二

官兵衛と七之介から、報告を受けた半次郎は言った。

「十勝屋の番頭と伊助の奴は、うまくいっていないのだな」

「けれども、伊助の居所が、皆目わかりやせん」

「それを把《つか》むことが先決でござんすよ」

と、七之介が言った。

「狙《ねら》い目は、伊助と仲が悪い番頭の与三次だと思いやすが。奴なら伊助の居場所《ところ》を知って

いるはず」

官兵衛がそう言った。

「どうだろう与三次を捕えて、伊助の居場所を、訊《き》くというのは」

「それが、手っとり早い方法《て》ですが……」

慎重な官兵衛は、言葉をにごす。

だが、若い七之介は気が早い。

「やりましょう。いずれ、与三次には訊かなければなりません。早いか遅いか。早いほうがいいと思いやす」


それから、三日が経《た》った。

官兵衛はこの前の居酒屋の主人《あるじ》、七之介は小間物商に変装して、十勝屋の裏口に入り、洗濯をしている下女に簪《かんざし》を餌《えさ》に、与三次のことをさぐり出してきた。

それによってわかったことは、与三次には女がいるという。

「女の住居《すまい》は、永代橋を渡って、南へいった深川相川町でして。名前《なめえ》はおよし。三日ごとに女のもとへかよい、明け方店へ戻ってくるといいやす」

官兵衛と七之介のさぐりは、ともに同じだった。

七之介が言った。

「三日ごとといいやすと、明夜は、与三次がおよしのところへ行く夜です」

「時刻《とき》はいつごろだ」

「店を閉めてから、五つ（午後八時）。駕籠《かご》をよんで行くそうです。時刻《とき》は毎回、ぴったり五つときまっているとか」

「相川町というと、確か閻魔《えんま》堂があったな」

「その閻魔堂の近くに、およしの家があるとか」

「襲うのは、そこにしようぜ」


次の夜、五つ——。

十勝屋から与三次の乗った駕籠が出て来た。

七之介は尾《つ》けた。

駕籠は永代橋をわたった。

現在《いま》は大川の最下流には、勝鬨橋《かちどきばし》がかかっているが、当時の最下流の橋は永代橋だった。

橋がかけられたのは元禄《げんろく》元年（一六八八）。

そのころから、廻船問屋の大型船の通航がひんぱんになったので、長さ百二十間余の橋《はし》

桁《げた》を高くした永代橋がかけられた。ものの本によると、

『富士山、筑波山、箱根山が橋上に立つと一望できる』

と、ある。

半円形の永代橋は元禄時代、両国松坂町の吉良上野介《きらこうずけのすけ》を討ち、みごと本懐をとげた赤穂浪士たちがこの橋をわたり引き揚げたことでも知られていた。

今、その永代橋を一梃《ちょう》の駕籠がわたってきた。

この時刻、橋上に人影はまれだ。

その駕籠の後ろから、手提灯《てぢょうちん》の男が早足で尾けてくる。

七之介である。

駕籠は永代橋をわたると、御船蔵構を右に折れた。そこは、もう深川相川町だ。

少し行って今度は左に曲がった。

駕籠が閻魔堂にさしかかった。

七之介が手提灯を高くかかげた。

それを合図に、黒覆面の半次郎と、手拭《てぬぐ》いで頰《ほお》かぶりした官兵衛が、ぬっと駕籠の前に現われた。

駕籠舁《か》きはあわてて逃げ出した。駕籠のなかから、驚いて五十格好の男がころび出た。

「十勝屋の与三次だな。待っておったぞ」

と、半次郎が言った。

「あなたさまは——もしや」

「もしや、なんだ」

「切り餅《もち》（二十五両）三つをわたしたはずです」

与三次は意外なことを言った。

「それがな……」

半次郎はそう言って、与三次の出方を待った。与三次は言った。

「まさか、まさか、伊助に雇われたのじゃあないだろうね」

「雇われただと」

「ちがうのか。ちがうのならそう言っておくれ」

「ちがうと言ったらどうする」

「安心する」

「事のからくりを話してみろ。ここは、地獄と深い関係がある閻魔さまの前だ。地獄の沙《さ》汰《た》も金次第というからな」

「金が不足ならいつでも出す。けれども、あのとき、あの金で承知してくれたじゃあないか。わ、私を殺そうというのじゃあないだろうね」

「さあ、どうしたものかな」

「悪いのは伊助だ。十勝屋の大旦那《おおだんな》が、心《しん》の臓の発作で急死なさってから間もなく、伊助はそのことをどこかで聞いたのか、家に戻ってきたのだ」

「そんなことは、先刻承知だ」

「ま、聞いてくれ。伊助は幼くして母御を亡くした。そんなこともあってか、手のつけられない乱暴な子になった。大旦那は心を痛めていてね。町のワルとつき合うようになり、勘当同様にしたんだ」

「八年前のことを、聞かせてもらおうじゃあないか」

「八年前!?」

「そうだ。伊助になにか変化があったはずだ」

与三次は記憶をまさぐっているようだった。

「なんで八年前のことを――」

「そのころ、伊助に変わったことがあったはずだ。たとえば、金の使い方が荒くなったとか」

「そういえば……」

「どうした」

「その以前から、伊助は家に寄りつかなくなった。それまでは、大旦那に金の無心をしてきたが、八年前——そうだ、あれは八年前だった。伊助はばったり来なくなった。大旦那は伊助はまともになったのかなとおっしゃっていた。けれども、一年ほどして、また、金をせびりにきて、大旦那はがっかりしていらっしゃった。大旦那が亡くなり、私は伊助の所業がゆるせなくなった。伊助が生きていたのでは、お店の看板に傷がつく。そう思った私は、伊助を——あの人を」

「殺そうと思ったのか」

与三次はうなずいて話し出した。

かれが思いあまって出かけたのは、日ごろからなにかと相談にのってくれる、味噌《みそ》問屋の隠居勝蔵だったという。

勝蔵の過去《まえ》は知らぬ。

だが、暗黒界にも顔がきく、謎めいた老爺《ろうや》であるそうだ。

永代橋の東詰、深川佐賀町に、小粋な板塀の隠居所で、年老いた下女と暮らしている。

家業は伜《せがれ》に譲り、悠々自適の日々をおくっている。禿《は》げ上がった頭に、ちょこなんと白髪の髷《まげ》がのっている小男が勝蔵とか。

その勝蔵に与三次は伊助のことを相談した。

勝蔵は番茶をすすり、庭の板棚に並べてある、丹誠こめた趣味の盆栽の小鉢を見つめながら言ったという。

「お店のことを考えると、伊助さんが生きていたのでは、良いことは起こらないねえ。それどころか、悪いことが起こることが考えられる。盆栽だってそうだよ。放っておくと、とんでもない枝ができてきてねえ。それを切りとって切りとって、本来のかたちを保つんだよ。だから、伊助さんはむだな枝だとは思わないかえ」

「確かに技です。けれども、伊助は植木じゃあございません。だから……」

「だから、切るのだよ。切って捨てるのさ」

ことなげに言う勝蔵の言葉に、与三次は絶句したという。

与三次は半次郎たちに言った。

「私は伊助が店に寄りつかない方法を、勝蔵の御隠居に相談するつもりで行ったんだ。殺すなんて、これっぽっちも考えなかった。だから、私は考えさせてくれと――けれども、ようく考えると、伊助が生きているかぎり店に来る。来ると、店の売上金を持っていく。このままいったら、大旦那が築いた店はつぶれてしまう。それで、私は勝蔵の御隠居に……」

「それで、伊助を殺すことを頼んだのか。誰が殺しを請け合ったんだ」

「それだけは、御隠居は申さなかった。ただ」

「ただ、なんだ」

「縁側から夜空の三日月を見上げ、おかしなことを」

「どんなことだ」

「あの三日月が助けてくれると」

半次郎と官兵衛、七之介の三人は、思わず息をのんだ。

半次郎は言った。

「伊助というのは、職がないのか」

「詳しいことは知らないけども、夜船をもっていて、泪橋《なみだばし》の近くから川越まで、人を運んでいるとか」

「じゃあ、金が入るのだな」

「と思いますが、その金じゃあ足りないから、店へたかりに来るのでしょうよ」

「伊助というのは、どんな男だ」

「お侍さん、それを聞いてどうしなさるおつもりだ」

今はすっかり覚悟を決めたのか、与三次は落ち着きはらって言った。

「安心しろ。おれもある事情があって、伊助をさがし求めてきたのだ。奴を見つけたら、斬って捨てる」

「斬る！　じゃあ、お侍さんは勝蔵の御隠居がたのんだ、殺し屋――」

「そうではないが」

与三次はすっかり安心したのか、

「伊助というのは六尺（約一八〇センチ）はある大男ですよ。ぞっとする双眸《め》をもっていましてね。勝蔵の御隠居に明夜五つ三日月が殺ってくれると申しましたがお侍さんも、伊助を殺《や》ってくれるので」

「殺《や》る！」

「伊助には、矢吹の正五郎ともう一人、剛力の丑松《うしまつ》の二人がついています。お侍さん」

「なんだ」

「費用《ついえ》はいくらでございますか」

「そのようなものは、要らぬのだ。お前を呼び止めたのは、伊助のことを知りたかったからだ。もう行ってもよいぞ」

与三次は、「へっ！」と頭をさげた。

三

東大久保の田沼意次の別邸では、川波宗之助が、いつものように書物部屋で書庫の記録をつけていた。

そこへ、堀田市兵衛が顔を出した。

宗之助を目顔で呼ぶと、廊下へ出た。

「川波どの、竜雲を張り込ませた」

「それはそれは。うまくいくとよいですが」

「それをねがっておるよ」

市兵衛はそう言うと別室へ去った。

宗之助は顎《あご》に手をやり、中庭に目をやった。

花を落としたバイカツツジの低木に、葉があざやかだった。

(あの手紙はもう影安のところに届いているはず。今まで、わしを疎外し、用があるときだけ利用する。そんな無明党のやつらに対する、わしの意趣返しだ。市兵衛はうまくいくことをねがっていると言うたが、さて、どうかの)

宗之助はあくまで無表情だ。

かれの胸の裡《うち》は、誰《だれ》も、

(知らぬ。ゆえにあとは影安の出方次第だが)

と、宗之助は思った。

そのころ、神田花房町の影安の家では、長火鉢を前にして、影安が宗之助の手紙を広げたまま、もう四半刻(三十分)も黙りこくっていた。

その手紙には、こうしるされてあった。

『取り急ぎ御知らせ申し上げ候。貴殿の事を見張る者がおるゆえ、くれぐれも用心を怠らぬよう、お願い申し候。

影安殿　　川』

手紙は町飛脚が届けたものだった。受けとった若い者が、誰から頼まれたかを訊かなかった。もっとも訊いたところで、謎の手紙を出した相手は、さとられまいとして人を介して手紙を出したはずだ。

(わからねえ。けれども、達筆の文章といい、これは素直に受けとってよいだろうぜ)

と、影安は思った。

かれは小頭の唐八を呼ぶと、手紙を見せた。

「お頭目《かしら》、これは――」

「先刻、町飛脚が届けたものよ。唐八、手紙《これ》をどう思う」

「どう思うといいやすと」

「つまり、真実《まこと》かそれとも、いたずらか。お前《めえ》の考えが聞きてえのよ」

「これは、真実でしょう。根拠はありませんが、あっしの勘ではそう思いやす」

「うむ。それで、どんな理由があって、おれの動静《うごき》を見張るというのか。お前《めえ》はどう思う」

唐八は沈思していたが、

「ひょっとすると、半次郎さんのことでは」

「それは、以前《まえ》におれのところに、下女のお袖を住み込ませて失敗したじゃあねえか」

「お頭目。それが奴らの目のつけどころだとは思いやせんか」

「なるほどなあ。お袖を差し向けたのは、竜雲だが、奴の背後には、大きな組織《しくみ》があるとみてまちがいはねえ」

「町方でしょうかね」

「いや、そうじゃねえだろう」

「とすると――」

「それがわからねえ。町方以上に恐ろしい組織《しくみ》よ」

「お頭目を見張っているというと、竜雲だと思いやすが」

「おれもそう思う」

「あっしにまかせてくだせえ」

唐八はそう言うと、座敷を出ていった。

影安の家がある通りには、材木商や薪炭商の店が並んでいる。

通りのはずれには、『翁庵』というそば屋がある。

唐八は若い卯之吉をよび、ある策を授けた。

やがて、夜になったとき、卯之吉は『翁庵』の隣の薪炭商の屋根に上がった。月は出ていない。

闇夜《やみよ》のなかに、黒装束の卯之吉が溶け込む。

（もし、お頭目を四六時中、見張るとしたら、どこかに長逗留《ながとうりゅう》するしか方法《て》はない。それも、お頭目の家が一望できるところだ）

そう考えてくると、『翁庵』しかない。

卯之吉は身が軽い。

『翁庵』は階下が八人ぐらい上がれる入れ込みと、十人が腰かけられる床几《しょうぎ》があるだけだ。

二階には、小座敷が三つ。

(もしも、交代で見張るとしたら、通りに面した小座敷を、長期間借りるしかねえ)

と、卯之吉は思った。

かれが目をつけた、通りに面した小座敷は、出窓式の連子窓がついている。

屋根伝いに卯之吉は、そっと連子窓の外枠《とこ》まで近付いた。

息を殺す。ここへ来るとき通りからうかがうと、明りはなく、障子がほそめに開いていた。

(誰もいねえのか。お頭目を見張るとすればここが一番いい場所なのだが——)

じっと外壁に家守《やもり》のようにへばりついている卯之吉の鼻に、ある匂《にお》いが流れてきた。

(あっ、これは蚊遣りだ。やっぱり小頭のにらんだ通り、小座敷には誰かがいる)

卯之吉はなおもさぐりをつづける。

小座敷から漏れてくる人の気配を確かめようとした。

四

(味噌問屋の隠居勝蔵が、殺しを頼んだのは、殺しの集団・三日月とみて、まちがいはねえだろう)

と、半次郎は思った。

三日月といえば、死んだ園、そして、千加。さらには、田沼の別邸から園を救おうとしたとき現われた、不気味な浪人・秋川冬兵衛もその一員だった。

その三日月がなにゆえ、自分《おのれ》に近付いてきたのか――。

半次郎は老中・田沼意次を追っていた。

三日月も田沼暗殺を企《くわだ》て、未遂に終わっている。

「つまり、田沼にかんしては、おれと三日月の敵が一致する。だから、おれに接触してきたのかもしれねえ。おれの動静《うごき》をさぐっているのも、そのためかもわからねえが、なんでさぐらなければいけねえのか。ほかの意図があってのことかもしれねえな」

半次郎が呟《つぶや》いたとき、ふすまが開き、身仕度をととのえた官兵衛と七之介が現われた。

「半次郎さん、出かけやすか」

半次郎はうなずいた。

かれは黒覆面に黒の着流し、官兵衛と七之介も黒の装束に身をかため、黒い布で頰かぶりをしている。

泪《なみだ》橋は半次郎の別宅がある浅草橋場町から、西へ向かった花川戸町に在る。思川のほそい流れにかかる橋だ。小塚原の刑場へ引かれる囚人が、この橋をわたるときは、泪をうかべる。ゆえに、この名がついたという。

(三日月が伊助を殺《や》るのは、五つと言った。三日月が殺る前に伊助を殪《たお》さなければ気がすまねえ)

と、半次郎は思った。

思川の周辺は田圃《たんぼ》だ。月が出ていた。そこここで蛙《かえる》が啼《な》いている。

三人は畷道《なわてみち》を急いだ。この時刻、人影はない。

「あ、半次郎さん!」

七之介が低く言った。

見ると、前方で数人の黒い影が乱れている。

白刃が光る。なかに大男がいる。

三日月の三人が、伊助たちとわたり合っているのだ。

「うっ!」

「死ね!」

声がとぶ。

心張り棒のようなものが振りおろされる。

ガツン! と鈍い音がした。

なにかがぱっととび散った。

つづいて、伊助たちに打ってかかろうとした二人が、呻《うめ》き声を上げてくずおれた。

「莫迦な奴らめ！」

「伊助兄い、すべて片付きやしたぜ」

三日月の三人は、伊助たちによって、苦もなく殪されたようだ。

「行くぜ！」

半次郎が官兵衛と七之介に声をかけた。

引き揚げようとする伊助たちに駆け寄った。

「お前たちも、仲間か」

心張り棒を手にした、いかつい肩の男が言った。

こやつが剛力の丑松らしい。

そのわきに、小男がいた。

矢吹きの正五郎らしい。二人の後ろに大男が立っている。伊助にちがいない。

半次郎は伊助に向かった。

「八年ぶりだな、十勝屋伊助」

「てめえは誰でえ」

「忘れはすまい、闇の大黒天だ」

丑松と正五郎が、さっと身構えた。

丑松は心張り棒に、正五郎は脇差《わきざし》に手をかけた。

「闇の大黒天とは、珍らしいな。おれとは、八年前に縁が切れたはずだがな」

「ところが、また、頼まれてもらいたいことが起こってな」

「また、殺《や》るのか」

「そうだと言ったらどうする」

「断る」

「ほう、なにゆえだ」

「金には困らねえからよ」

「強請《ゆす》り集《たか》りで、日々を送るのか」

「なんだと！」

「どうせ、悪の道からは足抜けできぬ男だ。お前のようなこの世の屑《くず》に、大切な命を奪われた、錦屋《にしきや》一家のことを考えると、胸が痛む」

「うるせえ。錦屋へ押し入ったのは、てめえが考えたことじゃあねえか。おれたちは、てめえの指図に従ったまでよ」

半次郎の口調が、がらりと一変した。

「ほざくな！　おれはな、闇の大黒天じゃあねえよ」

「じゃあ、て、てめえは」

「おめえの凶刃に非業の最期をとげた錦屋の、おれはその伜半次郎だ。おめえが強盗団に誘い込んだ、島田八郎兵衛は、おれが地獄へ送ってやったよ」

「し、島田が――」

「おめえも観念しろい！」

怯《ひる》むかと思った伊助が、突然「ふふふ」と笑い出した。そして、言った。

「おれを見くびったようだな。おれはな、島田のようなドジはふまねえんだ」

伊助がヒューと指笛を吹いた。

泊橋のたもと、思川に舫《もや》っていた三艘《そう》の小舟から、十人の男がとび出してきた。

全員、脇差をさしている。

渡世人風の男たちだ。

「殺《や》っちまえ！」

脇差を抜いた集団が、半次郎と官兵衛、七之介に襲いかかった。

半次郎は村正を抜刀した。

打ち込んでくる敵の一撃を躱《かわ》しざま、横に疾《はし》り村正を薙《な》いでいた。相手は腹を裂かれた。

その直後だ。左右から新たな二人が襲ってきた。

半次郎は右側の敵の面上へ、横殴りの一閃《いっせん》を送ると、打ち込んでくる左の男の脇差をかいくぐる。そのまま、いっきに敵の腕へ村正を疾らせた。

「野郎！」

ぐきっ！

と、鈍い音がした。

蒼白《あおじろ》い月光のなかに、脇差を握ったまま、敵の右腕が、血飛沫《ちしぶき》とともにとんだ。

その間、官兵衛は手裏剣で、二人の敵を殪《たお》していた。七之介も脇差で、敵の胸を刺した。

あっという間に、六人の敵を殪した。

半次郎は間をおかぬ。敵の一人に突進した。

無頼剣法に間合いなどは必要としない。

敵も脇差を構えたまま、半次郎に向かって疾った。相討ちかと思われた瞬間、半次郎の躰《からだ》は宙に躍っていた。

逆手に持った村正の切っ先が、敵の頭頂部をえぐった。ぱっと脳漿《のうしょう》とび散った。

着地した半次郎は、瞬速に残る一人を斬り上げていた。

「うっ！」

敵は胸をかち割られた。

残る敵は二人。その一人に官兵衛と七之介がわたり合っている。官兵衛も脇差を構えている。

半次郎は一人の敵と対した。

じり、じりと正眼の構えのまま左へ回る。

半次郎は八双に横えた。そのまま、ずかずかと前へ進む。

「野郎！」

敵が打ち込んできた。

半次郎は、はね上げた。敵の脇差が手をはなれて宙にとんだ。その刹那《せつな》、半次郎の村正が斜め下方に疾っていた。

敵は肩から胸をかち割られた。どっと噴血しながら、声も立てずにどうっと殪れた。

残る一人は官兵衛と七之介が殪していた。

敵は伊助と正五郎、丑松の三人だけとなった。

「後を頼んだぞ！」

長身の伊助がそう言って、泪橋をわたり逃げ出した。

そのとき、半次郎の頭上に凄《すさ》まじい疾風がまき起こつた。

剛力の丑松が、心張り棒をふりおろしたのだ。半次郎は躱した。瞬間、右肩にチクリと痛みが走った。

吹矢だ。

正五郎がとばしたのだ。

矢吹という異名は、吹矢のことだった。

半次郎は丑松に向かって疾った。

横殴りの一撃を、躰をすくめて躱すと同時に、丑松の脚に村正を疾らせていた。

「うわわあ!」

丑松の両股《もも》が裂かれた。噴血が上がった。

そのまま、丑松が前のめりに倒れる。

半次郎が憶《おぼ》えているのはそれだけだ。

意識が遠退《とおの》いていく。

(なぜだ、なぜなのだ)

半次郎は闇のなかへ落ちていった。

五

四つ（午後十時）――。

神田花房町にある影安の家の板戸が、はげしくたたかれた。

「七之介でござんす。開けてくだせえ」

押し殺した声に、性急さがあった。

内側から覗《のぞ》き窓が開き、七之介だということを確かめると、板戸が開いた。

七之介が転ろがるようにとび込んだ。

迎えたのは卯之吉だった。

「どうなさったので」

「大変《てえへん》でござんす。半次郎さんが、半次郎さんが」

「半次郎さんが――」

「傷を負って意識《ようす》が。お頭目《かしら》にお伝えくだせえ」

七之介は走ってきたのか、息遣いがはげしい。

すぐに、小頭の唐八と影安が出てきた。

「半次郎がどうかしたのか」

影安が訊《たず》ねた。

「官兵衛どんの指示で、中川宗順医者《せんせい》に来ていただいているんですが、どうも吹矢の先に毒薬《どくぐすり》が塗ってあったらしく、いまだに眠ったままでござんす」

「誰がそんな卑怯《ひきょう》な手をつかったんだ」

「矢吹の正五郎という奴でござんす」

影安は少し間をおいて、

「それで、宗順先生はなんと言っているのだ」

「しばらく様子を見ないことにはなんとも言えぬと。とにかく、万一のことも考えて、お頭目にも来ていただいたほうがいいとおっしゃっております」

七之介の言葉から、ただならぬさまがわかる。

「唐八、駕籠寅《かごとら》へ行って駕籠を用意しろい。仕度だ。出かけるぞ」

影安が言った。

卯之吉が出入りの駕籠寅へ走った。

すぐに駕籠がきた。

このあわただしさを、近くのそば屋『翁庵』の小座敷で見張っていた竜雲の小者の伝次が気付いた。

見張っていたのは伝次だった。

「親分、影安の家の様子がおかしいですぜ。親分、寝ている場合じゃあござんせんよ」

手枕《てまくら》で寝ていた竜雲は、双眸《め》をあけた。

「よく見ろ。まちがいじゃあねえだろうな」

張り込みは毎日が単調だ。

成果が上がる保証はない。初めのころは、それでも力が入るが、日が経つうちに緊張感が失《う》せてくる。

飲んではいけない酒を飲み、眠っていた竜雲だった。伝次の言葉で、もぞもぞと起き上がった竜雲は双眸をこすり、連子窓から影安の家の方を見た。

夜空は重く雲が垂れ込め、暗夜である。

そのなかで、手提灯が数個浮かび、駕籠が走ってきた。駕籠は竜雲と伝次のいる『翁庵』の前を通り、大川が流れる東へ向かう。

「で、伝次、急ぐんだ!」

竜雲ははじかれるように叫ぶと、階段を転げるように降りていく。伝次も後につづいた。

駕籠は右に藤堂和泉守（伊勢《いせ》津藩、三十二万三千九百五十石）の屋敷と、左は同じ藤堂でも、こちらは伊勢久居藩、五万三千石の藤堂佐渡守の大名屋敷の道を行く。

竜雲と伝次が駕籠の後を尾《つ》けていく。

そのとき突然、大名屋敷の小路から、黒い布で頬かむりした十人の集団がとび出してきた。

「なんだ！　てめえらは――」

竜雲は叫んだ。

その声は次の瞬間、悲鳴にかわった。

「あっ！」

「うわっ！」

黒い集団がいっせいに、竜雲と伝次に向かい、目つぶしを投げたのだ。

唐辛子の粉と鉄粉、灰のまざった目つぶしを、したたか面上に浴びた竜雲たちは、双眸を押え転げまわった。

黒い集団は、二人を蹴《け》った。

そして、細引縄でがんじがらめに縛ると、一声も発せず闇のなかへ消えた。

かれらは小頭唐八の命を受けた影安一家の若い者たちだった。

唐八は卯之吉に『翁庵』をさぐらせ、竜雲たちの存在を知った。

（奴らはお頭目に動きがあると、尾けてくるにちげえねえ。そのときはな……）

唐八は手はずをつけておいたのである。

六

浅草橋場町の半次郎の家では、医者の中川宗順が必死の治療をおこなっていた。

それを、心配そうに凝視《みつ》める影安。

次の間では官兵衛と唐八がひかえ、七之介は治療のためのお湯を湧《わ》かしている。

「先生、半次郎の容態《ようす》はどうなんで」

蒼ざめた顔で布団に横たわる半次郎のわきで、影安が訊ねた。

「吹矢に仕込まれた毒薬《どくぐすり》の正体がつかめんのだ。恐らく毒は躰中に回っているものと思うのじゃ。心の臓に達する前に、阻止せんとのう。わしの手当てがうまくいけば、毒は体外に出るはずだ。あとは、半次郎の気力と体力の問題じゃ。そろそろ、布を変えねばならぬ。焼酎《しょうちゅう》と新しい晒布《さらし》を持ってきてくだされ」

宗順は隣室に声をかける。

官兵衛と唐八が宗順の指示にしたがって立ち回る。

宗順は躰の経穴《つぼ》に傷をつけ、吸い出しを貼《は》り、解毒用の投薬を与えた。

双眸を閉じこんこんと眠る半次郎の体温は上がり、時間《とき》が経つうちに下がってきた。

七之介は熱湯に晒布をつけてしぼり、この布を半次郎の躰にあてて暖める。官兵衛は半次郎の経穴から出るどす黒い血（悪血）がしみ込んだ晒布をとりかえる。

一家総出の看護だった。

「官兵衛どん、半次郎を吹矢で倒した、矢吹の正五郎とはどんな奴なんだ」

と、影安が訊ねた。

「躰の小さい男でして、三日月の連中も、正五郎の吹矢の犠牲になったものと思われやす」

「十勝屋伊助の用心棒だな」

「あとは剛力の丑松でやすが、この野郎は半次郎さんが殪したのでやす。あっしと七之介は、倒れた半次郎さんをかついで、その場を去りやした」

「じゃあ、伊助は殺《や》らなかったのか」

「なにしろ、半次郎さんを助けるのがやっとでして。面目次第もございやせん」

「伊助を殪していねえなら、半次郎も死にきれねえだろうなあ。それが生きる気力につながればいいのだがな」

そう言った影安は宗順に向かい、

「先生、半次郎を助けてやっておくんなせえ。この通りでござんす」

と、深々と頭をさげた。

その夜は、影安たちは寝ずに半次郎を見守っていた。

やがて、暁闇《ぎょうあん》が訪れた。

それぞれ、仮眠をとり、半次郎のいる座敷には、宗順と影安の二人がいた。

「だいぶ毒は出たが、まだ取りきれぬわい」

宗順が悪血の布を見ながら言った。

「毒は完全に出てくれるのですかい」

影安の声音はいつもほどの力はない。

「わしの処置がまちがっていなければの」

「まちがっていねえと、断言できるんですかい。まちがっていちゃあ困るんだ」

「まあ、そう急《せ》かすものじゃあない」

「すみません。つい言葉を荒らだててしまって」

「お頭目の気持ちはようくわかる。なれど今はどんな医者に診せても、この方法しかないはずじゃ」

「先生の腕は信じていやすよ。けれども、半次郎を見ていると、いてもたってもいられねえ。半次郎、双眸をあけてくれ、半次郎！」

「お頭目――」

宗順が影安を、屹《き》っと見た。

「あのことを、半次郎に言ったのかえ」

「あのことといいやすと」

「ほれ、半次郎の父親は、錦屋七五郎どのではなく、お頭目だということじゃよ」

「先生、それだけは口が裂けても言えやせんよ。殺された錦屋さんは大恩あるお方だ。その方には、子供ができなかった。それで、あっしと愛妾《いろ》にできた半次郎をと乞《こ》われたときは、あっしも迷いましたよ。けれども、ようく考えてみれば、あっしの跡取りとなったところで、碌《ろく》な男にはならねえ。一生表の稼業では生きていけねえ。これは、あっしがようく知っている。あっしはね、これまで何度か、表の稼業で生きてみてえと思ったことか。そんな生涯は、半次郎には送らせたくねえと思ったんでさあ」

「それが、親心かの」

「それで、錦屋さんにもらっていただいたんですよ」

「なれど、その半次郎が両親と奉公人の敵討ちのために、お頭目のもとにやったのはわしじゃが、因果なものじゃの」

「けれども、先生、あっしはうれしかったですよ。半次郎の気持ちを聞いてうれしかった。錦屋さん夫婦と奉公人は、むごい殺され方で命を奪われた。その憎むべき敵を討とうというのは、当たり前《めえ》のことでさあ。半次郎はそのために剣術を修行した。けれども、あと一歩というところで――あっしは半次郎が不憫《ふびん》でならねえ。だから、どんなことをしても助かってほしいんだ。助かってねえ」

影安は泪をうかべた。

ややあって宗順がぽつりと言った。

「錦屋さんにはどんな恩があるのじゃ」

「人をね、悪い奴を殺《あや》めたんですよ。十七年前にね。錦屋さんはあっしが殺《や》ったことを知っていて町方にだまっていてくださったんでやす。悪い奴というのは、御旗本猪丸重左衛門さまの弟の十郎太という方です。あっしの仕切っている柳原土手の古着屋にいちゃもんをつけ暴れ回る。初めのうちは金を出してお引き取りを願っていた。けれども、そのうち図に乗りやしてね。手がつけられぬようになりやした。それで夜、さそい出してあっしが叩《たた》き斬った。そのとき、たまたま通りかかった錦屋さんとそれから一緒についてきた、お志津という座敷女中に見られましてね。錦屋さんは逃げろと言ってくれた。あっしは打ち首を覚悟していたんでやすよ。いくら悪い奴だとはいえ相手は御旗本。それが町人分際に斬られたとあっちゃあ家名に傷がつく。ところが、この事件《こと》は錦屋さんのお陰で、御旗本のほうは十郎太急死の届けを幕府《こうぎ》に出して落着したんでやす。お志津という女もその後、行方《ゆくえ》知れず。錦屋さんに大恩があるというのは、そのことだったんでやすよ」

「もしも、半次郎がそのことを知ったのなら復讎《ふくしゅう》の気持ちは変わるかの」

「いや、変わらねえ。半次郎の躰には、あっしの血が流れていやすからね。変わるもんじゃありやせんよ。変わるもんじゃねえ」

遠い意識のなかで、半次郎は二人の話を聞いていた。

そして、また混濁した闇のなかへ落ちていった。

第五章　蛇の奸計

一

「お前さん、どうしたんだえ」

お紺が言った。

ここは、根津権現の竜雲の家である。

お紺は根津権現の門前町で茶店をやっている。肉置《ししおき》の豊かな三十女だ。

夜である。行灯《あんどん》の明りのなかで、お紺が艶然《えんぜん》とほほえんだ。

「だめだ。今夜はとてもそんな気になれねえ」

竜雲の顔には、影安一味に蹴《け》られた青アザが色濃く残っている。

相次ぐ探索の失敗《しくじり》に、竜雲はすっかりしょげかえっていた。

堀田市兵衛はそんな竜雲に、

「またか」

と、舌打ちをした。

それからは、声もかけてくれぬ。

(おれはどうしたらいいのだ)

竜雲はがっくりしていた。

(影安はいまいましい。けれども、奴《やつ》の用心深さには舌をまくほかはねえ。まともに立ち合っては勝てねえ相手だ。おれはなにをやってもドジばかりふんじまう。莫迦《ばか》、莫迦!)

竜雲は自分《おのれ》で頭を殴りつけた。

「お前さん、なにを考え込んでいるんだい。こういうときは、いっそすべてを忘れるんだよ。さあ、こっちへおいでなえ」

お紺は敷布団の上に横になると、団扇《うちわ》でまねいた。

はだけた胸もとから、豊かな乳がかいま見える。いつもの竜雲なら情欲を刺激され、お紺にのしかかるところだ。お紺もそれをあてこんでのしどけない姿態をとっているのだ。

だが今夜の竜雲は醒《さ》めていた。ゆえにお紺の魂胆がよくわかる。

(ふざけんな。おれはてめえの誘いにのるような、甘い男じゃあねえ)

竜雲はお紺に声をかけた。

「ちょいと頭を冷やしてくるぜ」

「早く帰っておいで」

お紺の声を背中に聞き、外に出た。

夜気にどんよりとした残夏の気配が感じられた。外にとび出したものの、どこへ行くという当てもない。

通りに出ると、そこには水茶屋と料理茶屋が軒をつらねている。根津の岡場所である。

そのにぎわいは、今の竜雲にとって無縁だった。

かれは無性にひとりになりたかった。竜雲は、根津宮永町から上野の不忍池《しのばずのいけ》のほとりに立った。

弦月《げんげつ》が池面を鈍く光らせている。竜雲は小石を何個もひろうと、

「くそめ、くそめ！」

と、池に投げ込んだ。

その音に眠っていた水鳥が、羽ばたいた。竜雲がすっかり小石を投げ終わったときだ。

木立のなかから、一人の女が現われた。

「竜雲の親分、だいぶ荒れているね」

「て、てめえは誰《だれ》だ！」

「ヤトノカミの末《すえ》と憶《おぼ》えておいておくれ」

「ヤトノカミだと。なんのことだ」

「わからなければそれでいいのさ」

「そのヤトノカミが、おれになんの用だ」

「助けて上げたいと思ってねえ」

「助けだと。憚《はばか》りながら、おれはな、助けなんぞは必要としていねえよ」

「そうかねえ。半次郎を捕えたくないのかねえ」

「な、なんだと⁉」

「再三、半次郎を捕えようとして、失敗《しくじ》っている親分だからねえ」

「どうしてそれを——」

「ヤトノカミには、先刻、お見通しさ」

「野郎！」

竜雲は懐に手を入れた。

そこには、鉄鎖があった。

「おっと、変な気は起こさないほうがいいと思うよ」

木立のなかから、脇差《わきざし》をさした五人の男が現われた。いずれも人相の悪い男たちだ。かれらは、竜雲の出方次第では襲いかかるかもしれぬ殺気が感じられた。

　気色ばんだ竜雲はひるんだ。

「それで、おれになにを言いてえのだ」

「だから、親分に手助けをしてやろうと思うのだよ」

「どんな方法《て》を使おうというんだ」

「影安の身内から、協力者を出すのだよ」

「そいつは無理だ。悔しいが影安の身内は結束力がかたい。裏切り者を出すなんて無理だ。だいいちこのおれがさんざ煮え湯をのまされているからな」

「やり方次第ではできるのさ」

　末の言葉には自信があふれていた。

「どんなやり方だ」

「その前に一つだけ条件がある。こちらのほしいのは官兵衛だよ。奴めは半次郎といつも一緒にいる。半次郎と官兵衛を捕えたら、官兵衛だけはこちらに渡してもらう。親分のほうは半次郎さえ手に入れればいいのだろう」

「それはそうだが」

「ならば談合《はなし》は決まったね」

「とはいえ、どういう方法でやるのだ」

「親分とあたしの配下と一緒ならばことは成就する。今までできなかったことでもね。いいかえ。影安だってどこかに隙《すき》はあるのさ。隙がね」

末は自信たっぷりにほほえんだ。

それから間もなく竜雲は、根津へ戻った。

来るときとはちがって、力がわいてきた。

(あのお末という女は徒者《ただもの》じゃあねえ。まともに世の中をわたってきたとは思えねえが、今は半次郎さえひっつかまえれば、いいんだ。その後であの女を始末すればな。それにしても、お末という女は、妙に色っぽかったぜ)

竜雲の双眸《め》の前に、顎にホクロのある末の顔がちらついた。

二

半次郎は五日間眠りつづけた。

容態に変化が現われたのは、六日目の朝である。半次郎が双眸をひらいたのだ。

いちばん初めに気付いたのは、枕《まくら》もとにいた七之介だった。

「半次郎さん！」

七之介は呼んだ。

半次郎は半眼をひらき、

「み、水」

と言った。

起き上がろうしたが果せぬ。

七之介が半次郎の上体を起こす。半次郎は茶碗《ちゃわん》の水を一口飲んだ。

官兵衛も駆けよると言った。

「半次郎さん、気がつきなさったか」

すぐには答えなかった半次郎は、

「おれは……どうして……」

と、言った。

「眠っていなさったんだ。吹矢に毒薬が塗ってあったんですぜ」

「けれども、もう大丈夫だ……死ぬことは……」

半次郎はそこまで言ってまた双眸を閉じた。

顔色は悪く頬《ほお》はこけている。

だが、半次郎が意識をとり戻したことで、官兵衛も七之介も愁眉《しゅうび》を開いた。

すぐに官兵衛は、日本橋駿河《するが》町に住む中川宗順のもとへ知らせに駆けつけた。官兵衛が戻ってくると、七之介が神田花房町の影安のもとへ知らせにとんだ。

宗順と影安は、早駕籠《はやかご》に乗って駆けつけた。

宗順は毎日、半次郎の容態を診《み》に来ていたが、半次郎が意識をとり戻したのは、宗順が帰っていった後のことである。

すぐに経穴に当てた布を見た宗順は、

「先刻診たときは、まだ黒い血であったが、今はほれ、この通りきれいな赤い色をしておるわ。脈も力強く打っておる」

「すると、先生、半次郎は」

身を乗り出して訊《たず》ねる影安に宗順は言った。

「半次郎の躰《からだ》に浸みこんだ毒は、洗い流されたとみてもよいじゃろう。ここ一両日は、目覚めたり、また眠ったりの状態がつづくことじゃろうが、次第に回復に向かっていくはずじゃ。それにしても、この毒薬は、わしがかつて経験したことのない毒薬《もの》じゃよ。恐らく南蛮渡りの毒薬じゃろう。助かったのは奇跡というしかないのう」

かたわらで、影安がしきりにこぶしで泪《なみだ》をぬぐっていた。

半次郎は眠りつづける。

やがて、中川宗順が帰っていった後、影安は官兵衛に、これまでのことを話した。

「竜雲の奴めを、追い払うことができたのも、もとはといえば、おれのところに来た、〃川〃の字の謎《なぞ》の手紙だ。官兵衛どんになにか思い当たるふしはねえかえ」

「もしかすると、それは――」

と、川波宗之助のことを話した。

「そうか。そういうことがあったのか。人には親身に世話をしておくものだな」

「けれども、今後、竜雲がどのような手をつかってくるやもしれません。ここは、充分に用心をしねえといけねえと思いやす」

「なあに、おれだって天下の影安だ。どんな手を使ってきても、驚くことじゃあねえ」

「それから――」

「それから、なんでえ」

影安はどんぐり眼《まなこ》をむき出した。

「へえ。あっしと七之介は、先日のお頭目《かしら》と宗順先生のお話を聞きやしたが、あれは、真実《まこと》のことでござんすか」

「そうか。真実《まこと》だ。けれども、あの場での話《こと》は聞き流してくれ。決して、口外しねえようにな。七之介にもよく言っておいてくれ」

影安はふすま越しに眠っている半次郎のいる隣室へ、顎でさした。

官兵衛は志津のことを、言おうとしたが、なぜか躊躇《ためら》った。影安が旗本の弟を斬殺《ざんさつ》した現場を、錦屋《にしきや》七五郎と一緒に見た女は、志津にちがいない。

（けれども、今はそれを告げるべきではない）

ように思われたのだ。

三

本郷菊坂一帯の菊畑には、菊が蕾《つぼみ》をつけていた。もうすぐ、菊の季節がやってくる。

竜雲は末と会っていた。

「親分、影安のさぐりでなにかわかったかい」

「ひとり目をつけた野郎がいる」

「誰だい」

「影安の身内で、卯之吉という若けえ野郎だ」

「その卯之吉の弱身はなんだい」

「女だよ」

「いいねえ。策が立てやすいじゃあないか。それで、その女はどこにいる」

「谷中の西光寺の門前町で、茶店にいるお時《とき》という小女だ」

「やりやすいじゃあないか」

竜雲はだまっていた。

（このお末という女は、相当のワルにちげえねえ。本来なら、しょっ引いていくのだが、半次郎をおびき出し、堀田の旦那《だんな》の信用を得なければならねえ。いまいましいが、今はこの女の言う通りにしなければならねえ。こいつの背後には、得体の知れねえ野郎どもが何人もついている。大方、脛《すね》に傷もつ野郎どもだろうが、今は忍の一字だ）

と、竜雲は思った。

そんなかれの思惑など、かまわず、末は言った。

「それで、なにか策を考えたのかい」

「そんなものはこれからよ。これだけさぐるのにも、手間がかかったんでえ。その辺のところも、少しは感謝してもらわねえとな」

「おや、言ってくれるじゃあないか。さぐりは親分の仕事じゃあなかったのかい」

鼠《ねずみ》色の小袖《こそで》を着た末は、蔑《さげす》んだような眼差《まなざ》しを送った。

顎のホクロが、また気になった。

「それはそうだが、お前さんに策があるとでもいうのか」

「そんなものは、かんたんだよ。まあ、いいさ。策はこっちで考えるとして、いざというときは、親分にも働いてもらわないとね」

竜雲は、

（くそめ！）

と、思った。

すべてが後手に回る。

（堀田の旦那ならいざしらず、こんな女にいいように使われるなんて、腹の虫がおさまらねえ。けれども、仕方ねえ。いつかは、この女の面の皮をひんむいてやる。そのときには容赦はしねえからな）

四

卯之吾が半次郎の浅草橋場町の家にやってきたのは、次の日であった。

まだ、目覚めてはすぐに眠ってしまう半次郎を見舞った後、卯之吉は官兵衛に言った。

「半次郎さんはよかったでやすね」

「神さまが見捨てなかったんだ」

「官兵衛どん、また、あの加吉という爺《じい》さんがお頭目のところへ、訪ねてきなすった」

加吉というのは、志津を助けてくれた老爺《ろうや》だ。雑司ケ谷村の子育て地蔵の堂守をやっている。

「加吉さんが――」

「官兵衛どんに、言い忘れたことを思い出したとかで、今、ここへ来る途中、新島越町のあっしのなじみの『新川』という居酒屋の小座敷に、待ってもらっておりやす。ここへお連れするのも、はばかりますのでね」

「すまねえな。いつも気を遣ってくれて」

半次郎の住居《すまい》は、あくまで秘密である。

卯之吉が加吉老人を連れてこなかったのは、そのことを指していたのだ。

すぐに官兵衛は卯之吉の案内で、『新川』へ行った。

時間《とき》はまだ昼間の八つ（午後二時）。『新川』は開いていない。官兵衛と卯之吉は裏口から入った。そこは板場で三十格好の夫婦が夜の仕込みをやっていた。

「すまねえな、厄介かけて。こちらが、今日、お会いなさるお人だ」

卯之吉が官兵衛を若い主人《あるじ》に紹介した。

「いろいろと申し訳もございません」

官兵衛が言った。

「いえ、卯之さんにはお世話になっております。どうぞいつでも使ってください」

と、気のいい若い主人は言った。

小体《こてい》な店で客用に十人分ほどの床几が並べられている。

店の奥に八畳間の小座敷があって、そこに、加吉が背を丸めて座っていた。

「それじゃあ、あっしはこれで」

と、卯之吉は気をきかせて店の裏口から出ていった。

加吉は官兵衛を見ると頭をさげた。

そこへ愛嬌《あいきょう》のある居酒屋の女房が、冷えた茶を運んできた。

「かまわねえでくだせえよ」

と、官兵衛は言った。

卯之吉がよくしているのが、感じのよい店の夫婦から読みとれる。

女房が小座敷から出ていくのを待って、加吉が言った。

「さっそくでごぜえますが、お志津さんのことをお話しいたします」

「どのようなことですか」

「あのお方をお救《たす》けした時、こんなことを口走ったのでごぜえますよ」

加吉は話し出した。

その内容《こと》とは次のようなものであった。

血まみれの志津は、加吉に助け起こされたとき、こう言ったという。

「お末が……あたしを斬《き》った……あの子の躰に……赤いヤトノカミの刺青が……」

加吉自身も血まみれの女が、家の前で呻《うめ》いたので動転していた。

「だから、ついそのことを忘れておりましてね」

「そうですか。わざわざお知らせくださり、お礼を言いますよ」

「そんな。年はとりたくないものでごぜえます。耄碌《もうろく》をしてもの忘れがひどくなりましてね。大事なことかどうかはわかりませんが、今朝、ひょいと思い出しまして。そうなると、いてもたってもいられなくて。へい」

加吉老人はそう言った。

官兵衛は恐縮する加吉老人と、『新川』の若夫婦に心付けを押しつけるように渡した。

新鳥越町をひとり歩きながら、官兵衛の胸に暗く重いものがつかえていた。

ヤトノカミとは、志津の生まれ故郷常陸《ひたち》の言葉で蛇のことを指す。

（お末の躰には、赤いヤトノカミ――つまり赤い蛇の刺青があるという。女だてらに、躰に刺青を入れるとは。いくら盗人に堕《お》ちたからといって、お末の心の底には、計りしれぬ恐ろしいものがあるようだ）

そのことが、官兵衛の足どりを重くしていたのだ。

五

それから、十日が過ぎた。

半次郎はすっかり良くなった。床を上げ、庭をぶらぶら歩けるようにまで回復した。しかし、少し歩くと疲れてしまう。

往診にきた中川宗順は、そんな半次郎に湯治へ行くことを勧めた。

「箱根の湯元に隠れ湯がある。そこの湯は病後によく効《き》く。そこへ行ってもとの躰になるまで療養をしてくるのだ。体力が戻らなければなにもできぬからな」

宗順は復讎《ふくしゅう》ということをあえて言わぬ。

半次郎は官兵衛と七之介を伴って、湯元の隠れ湯へ行くことにした。半次郎だけ駕籠に乗り、影安の家へ寄った。

影安は言った。

「宗順先生から聞いたぜ。湯に入って療養すれば力がわいてくる。充分、躰の手入れをしてから帰ってくるんだ。中途半端じゃあいけねえよ。これは、少ないが取っておいてくれ」

と、餞別《せんべつ》を渡してくれた。

「お頭目、ご迷惑をかけた上に、このようなことをしていただいたのでは相すみません」

「いいってことよ。それよりも、気をつけていけよ。無理はいけねえ。無理はな」

影安は実の親だ。

小肥りのどんぐり眼の、修羅場をくぐってきた闇《やみ》の元締めを、半次郎は強い眼差しで凝《み》視《つ》めた。

影安もまた半次郎を、瞬間、凝視めたが、すぐに視線をはずした。

照れているのだ。

影安は自分《おのれ》が父親だということを、半次郎はまだ気付いていないと思っている。

だが、中川宗順に問いつめられたとき、告白して以来、

（半次郎と顔を合わすと、どうも、いけねえ）

と、思うようになっていた。

影安は思い出したように、

「そうだ、滝口先生も来ている。会っていきな。おーい、卯之、滝口先生をお呼びしろ」

と、言った。

滝口左内は今日もよく手入れのゆきとどいた総髪で現われた。

「半次郎、久しぶりだったな。躰のほうはどうだ」

「おかげをもちまして、良くなりました」

「そうか。それはよかったな」

そう言うと、自慢の煙管《きせる》をとり出し、莨《たばこ》を吸った。その煙管の雁首《がんくび》と吸口は金で、竜が彫《きざ》んである。

やがて、影安の家を出るとき、官兵衛は卯之吉に小声で言った。

「先日はすまねえ。恩にきるぜ」

「官兵衛どん、とんでもねえ。留守はしっかり預かっておりやすよ」

「半次郎さんの躰の具合次第だが、そう長い間じゃあねえと思う。けれども、卯之がいてくれるので心強い。留守は頼むぜ」

一行は影安一家の見送りのなかを旅立っていった。

箱根は江戸から東海道を小田原へ行く。小田原までは二十里二十丁。湯元は小田原から六丁（約六百五十四メートル）行ったところにある。半次郎は旅駕籠で行き、隠れ湯に着いたのは、江戸出立から二日後の午後のことである。

宗順が勧めただけあって、隠れ湯は静かな湯治場だった。十室ばかりの部屋しかない。小ぢんまりした山里の宿である。食事は自炊だ。宿にも元湯はあったが、外に出て崖道《がけみち》を下ったところに小屋が建ち、その中に別湯があった。誰も入ってこないから、半次郎たちは別湯を使った。自炊用の鍋釜《なべかま》で煮炊きし、渓流で釣った魚を塩焼きにする。宿の周囲に繁《しげ》る森林。小鳥たちの囀《さえず》り。渓流の音。

半次郎はめきめき気力が甦《よみがえ》ってきた。

「江戸では味合えぬ暮らしでござんすなあ」

渓流をかすめていく鶺鴒《せきれい》を見ながら、官兵衛が双眸《め》をほそめて言った。

七之介も、

「ここに日々いるだけで、あっしも心と躰に、気がみなぎってきますぜ」

と、言った。

（ほんとうにそうだ）

と、半次郎は思うのだった。

六

谷中・西光寺の門前町で、お時《とき》は茶店を閉める仕度を始めた。

季節のせいか、このごろでは日の暮れるのが早くなってきた。

まだ、十六歳のお時が葦簾《よしず》を巻き始めたとき、棒縞《ぼうじま》の着物を着た若い者が駆け寄ってきた。

「もうお店は仕舞いましたが」

お時がそう言うと、若い者は、

「いや、客じゃあねえんだ。あっしは使いできたんだ。お前さんはお時さんだろう」

「へい。そうですが」

「あっしは卯之吉兄いから頼まれやしてね。店を閉めたら、新黒門に来てほしいということで。あっしは安《やす》といいやす。これが、兄いから頼まれた証拠の品でやす」

と、安と名乗った若い者は、茶地に白い波模様のある、革の煙草入れを渡した。

それは、いつも卯之吉が持ち歩いている、見なれた品だ。

「じゃあ、あっしはこれで」

安はそう言うと、足早やに立ち去った。

同じころ、神田花房町の影安の家から、呼び出されて卯之吉が現われた。

そこに、顎にホクロのある女が立っていた。

「あっしに、なにか御用とか」

卯之吉がそう言うと、紗綾形《さやがた》小紋の地味な小袖を着た女は言った。

「西光寺さんの門前町の、お時さんから頼まれた末といいます。新黒門に来てほしいとのこと。これを渡してほしいと預かってきました」

と、末は袂《たもと》から、扇の飾りのついた平打ちの簪《かんざし》を出して渡した。

それは、卯之吉が正月にお時に買ってやったものだ。

「それは、わざわざすみません」

「じゃあ、あたしは帰りますよ」

「お末さんはお時とはどのような知り合いなので」

「あたしは西光寺さんの裏に住んでおりますよ。だから、お時さんとは顔なじみなんです。いえね、先程、あたしが神田明神さまに、お願いごとがあると申したら、ついでに頼まれてほしいと言われましてね」

「さようでございましたか。しっかり承りましたでございます」

末は去って行った。

卯之吉は手にした扇形の平打ちの簪を見た。お時はなんの用があるのか。ともかく行ってみねばならねえな
(確かにおいらが買ってやったものだ。お時はなんの用があるのか。ともかく行ってみねばならねえな)

卯之吉は新黒門へ向かった。

花房町から東へ道を通り、下谷御成街道へ出ると北へ向かい、下谷《したや》広小路に出た。

日はとっぷりと暮れている。

下谷広小路はそれでも人影があった。

新黒門の辺りはうっそうと木が繁る上野山の入口である。そこから、寺の敷地の道が下谷坂本町一丁目へ通じていて、人影はとだえる。

「お時、お時はどこだ」

深閑と静まり返る夜の闇のなかだ。

「おーい、お時!」

卯之吉は声を出して呼んでみた。

だが、お時の姿はない。

「おいらが早く来てしまったのか――」

そのとき、

「卯之さーん」

という声が聞こえてきた。

声は寺が建ち並ぶ方である。

「お時か、お時、どこにいるんだ」

卯之吉は寺の道を走った。

右側は寺が建ち並び、左側は木立がつづいている。

「あっ！」

卯之吉は棒立ちになった。

寺の土塀を背に、両手を縛られたお時が、数人の男に脇差を突きつけられていた。

「野郎！　なにをする」

卯之吉が駆け寄ろうとしたとき、

「やめるんだね」

と、女の声がした。

見るとそれは、先程、お時に頼まれて来たといった末だった。末のわきには、竜雲が鉄鎖を構えて立っていた。

竜雲が言った。

「卯之吉、いろいろと邪魔をしてくれたな」

「おれはなにもしねえぜ」

「ほう、そうかい。影安はあの晩、駕籠で何処《どこ》へ出かけたんだ。半次郎の家じゃあなかったのか」

「さあな。お頭目が駕籠で出かけようと、おれには関係のないことだ。それより、てめえたちはお時をどうする気なんだ」

「ことと次第によっちゃあ、殺《や》る！」

「なんだと！」

末が言った。

「用心深い卯之吉さんにしてはドジをふんだものさ。お前さんがいつも持っている、波形模様の煙草入れを用意して、お時に見せてここへ連れ出したのさ」

今度は竜雲が言った。

「てめえがお時に買ってやった、扇形の平打ち簪を見せて信用させた。てめえも甘いもんだ」

「汚ねえ手を使いやがって――」

末が言った。

「けれども、あることを教えてくれれば、お前さんもお時も、無事に帰してやるよ」

「なんでえ、あることとは」

「半次郎の住居《すまい》が何処にあるのか。それさえ教えてくれればいいのさ」

「知らねえな」

「本当に知らないのかい」

「ああ、そうだ」

「仕方ないね。知らないと我を張るのなら、お時から痛めつけるしかないね」

末がぐいと顎をしゃくった。

一人の男がお時の襟元に脇差をつけ、さっと一気に下に切った。

「あっ！」

お時の小袖の胸もとは両断され、可愛《かわい》い乳房がこぼれた。

「や、やめろ！　やめるんだ」

卯之吉が叫んだ。

「じゃあ、半次郎の住居を教えてくれるんだね。何処なんだい」

「し、知らねえんだ。知らねえことはいくら言われても言えるわけはねえ」

「強情な人だねえ。もう一度訊《き》く前に言っておくよ。今度、訊いても言わないのなら、お時の命はないからね。いいかい、半次郎の住居は！」

「う、う、う」

「殺《や》っちまいな」

末が言った。

男が脇差を振り上げた。

「ま、待ってくれ！」

卯之吉が悲痛な声を上げた。

「半次郎さんは、今、江戸にはいねえんだ」

「そうなのかい。で、何処にいる」

「言えば、お時を離してくれるんだろうな」

「約定は約定だよ。半次郎の居所を教えてくれれば、お前さんたちには用はないよ」

卯之吉は大きく息を吐いた。

「どうしたんだね。言わないのかい」

「箱根の湯元にいる」

と、卯之吉は言った。

「湯元のどこだい」

「隠れ湯だ」

次の瞬間、男が脇差を振りかぶった。

「なにをする！」

卯之吉が叫んだとき、右手に竜雲の放った鉄鎖が巻きついた。

そこへ、脇差が肩口にくい込んだ。

「うわっ！」

血飛沫《ちしぶき》を上げ卯之吉が倒れた。

「野郎！」

つづいて、脇差が腹に突きたてられた。

かすれゆく意識のなかで卯之吉は見た。

お時が斬られ悲鳴を上げたのを――。

「お、時……許して……くれ」

卯之吉は、血の出るような声を上げた。

七

それから、半刻（一時間）以上も過ぎたころ。花房町の影安の家の板戸が叩《たた》かれた。

夕餉《ゆうげ》が終わり、小頭の唐八はその日の帳簿に目を通し、影安は煙管をふかしていた。

そこへ、若い衆が血相を変え駆け込んできた。

「お頭目、大変《てえへん》でござんす。卯之吉兄いが、兄いが！」

「卯之がどうかしたのか」

「き、斬られて――」

影安はさっと立ち上がった。

入口の土間のところに、血みどろの卯之吉が倒れ、数人の若い衆が卯之吉を助け起こしていた。唐八もいた。

「卯之、誰にやられたんだ！」

影安が言った。

「おい、しっかりしろ。お頭目《かしら》だぞ」

唐八が卯之吉の耳許《もと》で言った。

卯之吉に聞こえたのか、双眸《め》をくわっと開いた。

「お頭目……小頭……早く……行って……半次郎さんが……危ない」

「なんだと！」

「罠《わな》にはまって……お時も……殺《や》られま……した」

「お時を餌《えさ》におびき出されたというのか」

卯之吉はかすかにうなずいた。

「てめえをやった奴は誰だ。誰なんでえ」

「り、竜雲と……お末……の仲間」

「お末の仲間⁉」

「あっし……のところに……きた……女」

「その女がどうしたんだ」

「半……次郎さんの……住居《すまい》を言え……と」

「しゃべったのか」

卯之吉はかすかに首を横に振った。

「しゃべらなかったのだな」

卯之吉がうなずく。

「けれども……湯元の……隠れ湯に……いると……しゃ……べりやした」

影安と唐八は沈黙した。

「め……面目……ねえ……面目……ねえ」

「卯之吉、卯之吉！」

卯之吉は息切《こと》れた。

影安が言った。

「卯之は心ならずも、しゃべったにちげえねえ。でなければ、かんたんに口を割るような男じゃあねえ。可哀想《かわいそう》になあ。ねんごろに葬ってやろう」

「お頭目、竜雲の野郎たちは、半次郎さんの宿へ向かいますぜ」と、唐八。

「だから、おれたちも行くのよ。こうしちゃあいられねえんだ」

「わかりやした。みんな旅仕度をしろい！　出立だ。出立だ」

唐八が大声を上げた。

第六章　湯煙り血煙り

一

「半次郎さん、だいぶ躰《からだ》に張りが出てきやしたよ」

湯殿で半次郎の背中を流しながら、官兵衛がうれしそうに言った。

「おかげで、力が湧《わ》いてきたぜ。この分なら、そろそろ、江戸へ戻ってもよさそうだ」

「ようござんしたねえ。あっしらも、この湯治場にきて命の洗濯ができやしたよ」

「官兵衛どんや七之介がいてくれるおかげで、どれだけ助かったことか。礼を言うぜ」

「冗談じゃありませんや」

「七之介はどうした」

「山菜を採りに行ってます。七之介もここに来て、いい骨休めになったと喜んでいやすよ」

外から渓流のせせらぎの音が聞こえてくる。

山鳥も啼《な》きしきっている。

山はもうすっかり秋だ。

二人はゆったりとした湯船で手足をのばす。

大自然の気配が、湯殿にいても感じられる。

湯船から出た二人が、下帯をつけ終わったときだ。湯殿の窓の外で、なにかが動いた。

「半次郎さん――」

官兵衛が小声で言った。

咄嗟《とっさ》に半次郎は、五尺（約一・五メートル）の湯かき棒を、官兵衛は桶《おけ》を手にしていた。

湯殿にいるのは、二人だけだ。

外から凄《すさ》まじい殺気が追ってくる。

半次郎はわざと口調を変えず、

「官兵衛どん、湯はいいね」

「まったくで」

官兵衛もいつも通りの口調で応《こた》えた。

そのとき、湯殿の板戸が蹴破《けやぶ》られた。

疾風《はやて》のように脇差《わきざし》を抜いた男が二人とび込んできた。

躰を沈めた半次郎は、思いっきり湯かき棒で男の脛《すね》を打ち払った。

「うわっ！」

おめき声を上げ、男は湯船のなかへ頭からつっこんでいく。

その間、官兵衛はもう一人の男に桶を投げつけ、ぬれ手拭《てぬぐい》の一端を持って、ぱっと放つ。

手拭は蛇のようにのびる。

脇差にからまった。

手拭を引く。脇差が男の手から離れた。脇差を奪う。

官兵衛は思いきり男の股間《こかん》を蹴上げた。

「うっ！」

男は倒れる。

そのときにはもう半次郎も、湯船に落ちた男の面上を拳で強打し、脇差を奪っていた。

「野郎！」

半次郎と官兵衛は同時に脇差を疾《はし》らせていた。

ぱっと噴血し、二人の男は殪《たお》れる。

返り血を全身に浴びた半次郎と官兵衛は、赤鬼のように染まった。板戸の外に午後の日が躍っている。
殺気は漲《みなぎ》っているが、湯殿にとび込んでくる者はいない。
敵は半次郎たちが、打って出るときを待っているのだ。息づまる緊迫感が流れる。
一匹の蜂《はち》が飛んできたが、すぐに外へ出ていく。
半次郎は着物を把《つか》んだ。
官兵衛に目顔で合図する。
半次郎の意図が官兵衛に伝わる。
かれは、咄嗟に着物を戸口からさっと外へ投げた。
ぱっと、戸口のわきから槍《やり》が突き出された。
瞬速。半次郎は戸口から外へ跳んでいた。
槍の一撃は空を切った。
着地と同時に振り向きざま電光のような一撃を見舞っていた。
「うおっ！」
槍を持った男が、面上を朱《あけ》に染めて殪れた。
官兵衛も湯殿からとび出していた。
敵は五人いた。

侍ではない。

渡世人風の男たちだ。

半次郎も官兵衛も下帯一本だけだ。

敵の一人が脇差を振るってきた。

それをはね上げると、腹に突きを見舞った。

憤怒《ふんぬ》の一撃は、敵を串刺《くしざ》しにした。

同時に横合いから別の敵が打って出た。

躱《か》わす間はない。

脇差を敵の腹から引っこぬく間もない。

躰を沈めた。

目標を失った敵が「あっ！」と叫んだときには、拳で股間を突いていた。

思わずかがみ込んだときには、脇差をもぎとり、横殴りの一撃を敵の胸に浴びせていた。

この間、官兵衛も敵の一人を殪している。

残るのは二人だけだ。

半次郎は敵の一人に向かって前進した。

脇差を下八双に構えたまま、敵に体当たりする寸前、目にもとまらぬ早さで、斬《き》り上げていた。

「うっ!」

敵は腹から胸をかち割られた。

桶で水をまいたように、鮮血が草むらを染めた。

官兵衛は打ってきた敵の一撃をはね上げた。

「野郎!」

敵がとび退《すざ》ったとき、官兵衛の手から脇差が宙にとんだ。

流星のような脇差が、敵の胸に深々とつき立った。

「うっ、うっ!」

敵は、くわっと双眸《め》を開いたまま、どうと仰向《あおむ》けに殪れた。

五人の敵はすべて姿を消した。

木立のなかにいた御高祖頭巾《おこそずきん》の女が、

「ちえっ!」

と、舌打ちをして繁《しげ》みのなかへ消えた。

末であった。

二

五人の敵と渡り合う半次郎と官兵衛を見ていた男たちがいた。

竜雲の報《し》らせに、江戸から駆けつけた、堀田市兵衛をはじめ、三名の無明党の同志たちであった。竜雲をふくめ、五名は、切りたった崖道《がけみち》で、近くの崖下で展開する斬り合いに双眸を奪われていた。

五名ははじめ宿屋の者に、半次郎たちが別湯へ行ったことを聞き、急行したのだ。

「旦那《だんな》、あれは官兵衛たちですぜ」

と、竜雲が堀田市兵衛に言った。

「どのような決着がつくか、高見の見物といこうではないか」

そう言った市兵衛たちは、凄まじい決闘を見ることになった。

だが誰の双眸《め》も次第に真剣になった。

そうしたのは、半次郎と官兵衛の炎のような気迫である。

油断したら、痛い目に遭うことが、竜雲にも市兵衛にも、他の三名にもわかった。

返り血を浴びて、すべての敵を殪した半次郎と官兵衛が、激しく肩で呼吸していることがわかる。

「今だ。奴らの呼吸《いき》が上がっている今。襲うのだ！」

市兵衛がおめいた。

五名は土煙りを上げて、ほそい崖道を疾った。

実にそのときだ。

五名の頭上から土砂が降ってきた。

土砂の後から、巨《おお》きな石がつづけざまに転がり落ちてきた。

「危ない！」

「石だ、石だ！」

「わあーっ！」

崖道は次の瞬間、もうもうとした土煙りにつつまれた。石に当たり谷底へ落ちていく市兵衛、竜雲、無明党の党員たち。やがて土煙りがおさまったとき、五名の男たちは崖道から消えていた。崖道の山頂には、影安、唐八以下、十人の影安一家がいた。

「ぎまあみろい！　半次郎たちの邪魔はさせねえ」

と、影安が言った。

石を落としたのは、急遽《きゅうきょ》、江戸を発《た》った影安一家だった。

「お頭目《かしら》、どうしやす。あっしらも宿で休んでいきやすか」

と、唐八が訊《き》いた。

「莫迦野郎、おれたちの仕事は終わったんだ。半次郎たちも手傷を負わなかったようだし、このまま、江戸へ引き返すんでえ」

影安は表情も変えずに言い放った。

三

半次郎たちが江戸に戻ってきてから、今日で五日が経《た》つ。

半次郎は影安に挨拶《あいさつ》に行き、そこで、小頭の唐八から、影安たちが箱根の湯元まで行ったことを聞いた。そして、竜雲たちを石で谷底へ突き落とした事実も知った。

「お頭目にどう言って感謝したらいいか……」

半次郎は今さらながら、影安の想いを知り、胸を熱くした。

一方、官兵衛は自分《おのれ》の娘末《すえ》が、卯之吉殺しに重大なかかわりあいがあることを知った。

かれは以前にも増して無口になった。

言い知れぬ苦悩を胸に秘め、官兵衛は七之介と手わけして、十勝屋伊助の身辺の探索を再開した。

伊助をあと一歩のところで取り逃がした半次郎である。

官兵衛と七之介のさぐりにより、伊助の正体がわかってきた。

伊助のやっている夜船というのは、とんでもない稼業だった。

「川越から江戸見物の客を船で往復運ぶ便でやす。表向きは――」

と、七之介が言った。

船は大川から出て荒川に入り、そして、新河岸川へ入っていく。

この川は荒川とほぼ並行して流れ、川越へつづく川越藩の重要な物資運搬水路である。

「新河岸川を使うのだな」

「さいでやす。伊助の持ち船は帆柱があり、船底は深く、屋根船に似て屋根がついていやす」

「なにを目的としているんだ」

「盆蓙《ぼんござ》博打《ばくち》でやすよ。夜船は夕刻に発って、翌日の昼前に川越へ着きやす。江戸見物へ来た客というのは、すべて博打客でござんす。しかも、伊助の奴《やつ》は夜船を二艘《そう》も持っていやして、江戸から川越へ交互に夜船を出しておりやす」

「博打の上がりだけでも、いい実入りになる。実家の十勝屋へ金をせびりにいかなくてもいいんじゃあねえか」

「ところが、伊助の奴は金遣いが荒く、子分にも金を気前よくやるので、いくらあっても足りないようでやす」

「丑松と正五郎はどうした」

「丑松は半次郎さんの一撃をくらい、それがもとで出血多量で翌日、死んだそうでやすが、矢吹の正五郎は、伊助の片腕として、今でもにらみをきかせていやす」

「おれをこんなめにあわせた正五郎には、たっぷり礼をしなければなあ」

「伊助の子分は十名いるそうでやすが、夜船に乗るのは五名だけだそうでやす。盆茣蓙を張るのも、野郎の子分とみていいでしょう」

「手間がかかったが、やっと伊助に引導をわたすことができる。伊助の乗った夜船に、客としてまぎれこむ。おれに策があるんだが」

　半次郎はそれを話し出した。

四

　半次郎の考えは、夜船が新河岸川に入ったときに、襲うというものだった。

「いくら博打好きの客ばかりとはいえ、相手は素人衆《しろうと》だ。万一、怪我人《けがにん》を出したらすまねえ。けれども、新河岸川へ夜船が入り、川底の浅いところにさしかかったとき襲えば、客は川にとび込んで逃げることができるからな」

と、半次郎は言った。

さいわい、この前、伊助を襲ったときには、半次郎は黒覆面で、官兵衛と七之介も、黒い布で面《おもて》を隠していたので、素顔で夜船に乗り込んでも、伊助に悟られることはない。

その日、半次郎たちは、脇差をさして夜船の客となった。

なるほど、七之介の言った通り船底が深くでき、屋根まで付いている。これなら、雨が降ってきても、博打はつづけられる。

また、船底が深くなっているので、高いところの川岸からでないと、博打をやっていることがわからぬ。うまいことを考えたものだ。

船のなかには大提灯《だいちょうちん》がさがり、賽《さい》の目がよく見える。

(これが悪知恵というやつだ)

と、半次郎は思った。

夜船の内部《なか》の中央には、細長い盆茣蓙が用意されている。まん中に伊助。盆茣蓙をはさんで向かい側に中盆。中盆のわきに壺振《つぼふ》りが座わる。

中盆の位置には正五郎がいた。

壺振りも伊助の手下とみてよい。ほかに盆茣蓙の端に一名ずつ、客の世話をする若い衆がいる。これも手下だろう。

その夜の客は、半次郎たち三人を入れて十二名だ。半次郎は怪しまれぬよう、向島・長命寺の『桜もち』のつつみ、官兵衛は堅川《たて》の『越後屋若狭』のもち菓子を入れたつつみを持っていた。

夜船に乗るときに、伊助の手下らしい若い衆の一人が、

「おみやげでござんすか」

と、言った。

半次郎は言った。

「博打ですかんぴんにならないうちに、買っておいたんだよ」

「ご冗談を。川越へ着くまでたんまり稼いでくだせえよ」

と、言った。

半次郎と官兵衛は向かいあって座り、七之介は離れたところに座った。

胴元の役目をする伊助が、じろっと見た。

やがて、夜船は暮れなずむ大川を出ていった。今夜は月がこうこうと光り、微風である。

涼風が夜船に流れてくる。茶碗《ちわわん》酒が振舞われ、夜船は大川から荒川へ入った。

「さあさあ、そろそろ御開帳とまいりましょうか」

と、正五郎が言った。

大川まではなにかと、町方の警戒がきびしい。

それを避け、夜船が荒川へ入るのを待っていたのだ。早く博打をしたい客たちは、うずうずしていた。茶碗が片付けられる。壺振りが、ぱっと片肌をぬぐ。見事なくりからもんもんがのぞく。

賽博打は賽ころを二個使う。出た目の合計が偶数なら丁。奇数なら半。丁と半の張り子の張った金額が、丁半同数になると勝負になる。

「さあ、張った、張った」

中盆が声を上げる。

張った金額が同額となった。

「勝負!」

壺振りがさっと壺笊《つぼざる》をとった。

「サンゾロの丁!」

客たちの間で溜息《ためいき》と小さな声が上がる。

博打が進むにつれ、全員の双眸《め》は血走っていった。

半次郎たちは、勝ったり負けたりをつづけた。別に博打は目的ではない。

夜船はいつか荒川から新河岸川へ入っていった。川幅が狭くなり、曲がりくねった水路に変わる。

胴元の伊助は先刻より太い鉈豆煙管《なたまめぎせる》で、しきりに賽の目に煙を吹きかけていた。

半次郎は表情を変えずにそれを見守る。

「勝負！」

壺振りがさっと壺笊をとった。

「いかさまをやるんじゃあねえな」

半次郎が静かに言った。

「いかさまだと！」

中盆の正五郎がおめき声を上げた。

客たちは凍りついた。

「なにを証拠にけちをつけなさる」

胴元の伊助が言った。

「証拠はお前さんの莨《たばこ》の煙りよ」

「ほれ、これを見ねえ」

半次郎がさっと賽子《さいころ》をとった。

その賽子は半次郎の手をはなれ、宙で振り子のようにブラブラと揺れている。

「賽子には細い釣糸がついている。胴元さんは笊に莨の煙を吹きかけて、糸を見えないようにした。壺振りは糸を操って、出目を操作する。猿知恵のいかさまなんぞはすぐにわかるというものよ」

「や、野郎、よくも！」

盆茣蓙の端にいた二人の子分が、短刀《あいくち》を抜いて立ち上がった。

半次郎がぱっと盆茣蓙をひっくり返す。

客たちは船から川へとび込む。

正五郎が懐から吹矢を出したとき、半次郎が抜きうちに脇差で面上をかち割った。

「わっ！」

血煙りを上げて、正五郎が殪れる。

官兵衛と七之介が、脇差を抜くや、二人の子分をたたっ斬る。

壺振りが短刀を抜くと、半次郎めがけてとびかかった。

それを躱《かわ》しざま、片手斬りに首筋に脇差を打ち込んだ。
ばさっと音がして、血飛沫《ちしぶき》が大提灯にとび散った。
「野郎！」
船の外から、脇差を持った二人の子分が躍り込んできた。敵は意外に多い。
官兵衛が手裏剣を放った。
「うっ！」
手裏剣を眉間《みけん》に浴び、子分の一人が殪れる。
七之介が残る一人と渡り合う。
その間、半次郎は大男の伊助と、狭い船のなかで対峙《たいじ》した。
じり、じりじりと円を描いて睨《にら》み合う。
半次郎は下段の構えだ。
伊助は憤怒で面上を赤く染めている。
船が揺れる。
「おう！」
咆哮《ほうこう》を上げ、伊助がまっ向微塵《みじん》に打ち込んできた。
転瞬。半次郎が横に跳んだ。

ぐらっと船が揺れた。思わず伊助が足をふんばったとき、瞬速の一撃を半次郎は送っていた。

「むっ！」

伊助の面《おもて》から一寸（約三センチ）のところに、半次郎の顔があった。

躰ごとぶつかる寸前、怒りの脇差が、伊助を串刺しにしていた。

伊助は躰を突き通した半次郎の脇差に支えられて立っていた。信じられぬといった顔だ。

半次郎はさっと脇差をひっこ抜いた。

伊助は腹を刺され、どっとばかりに前のめりに倒れた。

七之介も敵を殪している。

半次郎は伊助に言った。

「おれは、おめえたちに斬殺《ざんさつ》された、呉服商錦屋《にしきや》の倅《せがれ》よ。両親や奉公人たちの無念を晴らすために、今日まで闇《やみ》の大黒天の配下を、狩ってきたんだ」

「てめえは、先夜の偽の闇の大黒天か……その声に聞きおぼえがある。け、けれども、てめえは正五郎の毒矢を……受けたはずだ」

「たっぷり毒薬を、味合わせてもらったぜ。けど、死ぬのは早いと、閻魔《えんま》さまからこの世につき返されたんでえ。おめえはもうじき死ぬ。せめて、命がある間、一つだけでも善《よ》いことをしてから、黄泉《よみ》の国へ行ったらどうなんだ」

「善いこと……なんて関係ねえ」

「そうはいかねえよな」

半次郎は伊助を蹴った。

伊助は苦痛の声を上げる。

「どうした。早く楽になりたければ、おめえを強盗団に引き入れた奴の名を言え！」

「し、知らねえ。知ったこと……か」

半次郎はまた伊助を蹴った。

足もとには、おびただしい血が流れている。

「誰《だれ》なんだ。おめえを強盗団に引き入れたのは！　言わなければ、また蹴る！」

「目が……見えねえ」

「おめえを引き入れた奴の名を言え！」

「ほ……」

「なんだ。よく聞こえねえ。はっきり言え！」

「彫……辰……」

「彫辰!?　誰なんだ。彫辰とは誰なんだ」

「彫り師……刺青の……彫り師」

「どこに住んでいる。江戸か」

「そ……う……だ」

「江戸のどこに住んでいる。伊助、言え、言うんだ！」

伊助は全身を痙攣《けいれん》している。

もう、答えようとはしない。

痙攣がおさまったとき、伊助は白眸《しろめ》をむき出して息絶えた。

五

東大久保の老中・田沼意次の別邸は、広い敷地に建っている。廻遊《かいゆう》式庭園の緑は、一年中、青々としている。手入れのゆきとどいた庭は、優美であった。

その庭を前にした書院では、堀田市兵衛が見回りにきた用人・三浦庄二と対していた。

「堀田、それで箱根の湯元で、無明党の同志を何名失ったのだ」

「三名でございます」

「おぬしはよく助かったな」

三浦の言葉には、皮肉がこめられていた。

「崖から落ちたとき、谷底までの間に松の木が繁っておりました。その松の枝にひっかかり、私と竜雲のみ助かりました」

「死んでもよい者がの」

「えっ!?」

「いや、おぬしのことではない。竜雲のことだ。死んだ三名の者は、かえすがえすも惜しいことをしたものだ」

「いかさま」

「おぬしはよく平気でいられるな」

「平気ではございませぬ。深く心を痛めております」

「たかが町人一人をひっ捕えるのにな。それも、捕えることはかなわなかった。しかも、大切な党員三名を犠牲にして――。堀田、無明党の目的を忘れはしまいな」

「御老中の警護と敵対する輩の探索と心得まするが」

「その通りだが、此度《こたび》のような体《てい》たらくでは、お役めはまっとうできまい」

「今後、充分、自戒し行動いたします。平に御容赦ください」

「秘《ひ》そかに御前に弓を引く者は、おぬしも知っての通りいっぱいおる。なかでも譜代派の御大名、御旗本のなかに油断できぬ御方がいる。なのにおぬしは、江戸を離れて箱根・湯元に独断で出立した。もしも、その間、江戸で大事が起こったらどうするつもりだ」

「面目次第もございません」

「此度の失敗の償いのためにも、一層の忠勤を励まなくてはな」

「御言葉を返すようですが、失敗はいたしましたが、箱根・湯元に隠れておった半次郎という男は、御前《ごぜん》のお命を狙《ねら》っておる者でございます。ゆえに、その者を召し捕りにまいったのでございますが――」

「一介の町人になにができる」

「三浦さまも御承知のように、半次郎めはこの御座敷にも、忍び入ったのでございます」

「そのために、おぬしたち無明党がいるのではないか」

「はっ」

「半次郎を追及する前に、調べてほしい御旗本がおる」

「して、その御方とは」

「猪丸重左衛門さまだ。以前《まえ》から怪しい仁《じん》とみておったが、近頃《ちかごろ》、その片鱗《へんりん》らしき情報《もの》が、わしの耳に入ってきておる。さらに猪丸さまの背後をたどっていけば、さらなる大物が控えておるはずだ。堀田、心してかかれよ」

用人・三浦庄二はきびしい口調で言った。

三浦が田沼の別邸から帰っていった後、堀田市兵衛は編笠をかぶり外に出た。

もう夕刻である。

茜空《あかねぞら》に雁《かり》の群れが飛んでいく。

（今日は御用人に、さんざん油をしぼられたわい）

市兵衛の足は、竜雲の家へ向かった。

湯元以来、竜雲とは会っていない。

いちじは竜雲に冷たく当たった市兵衛であったが、なぜか金壺眼《かなつぼまなこ》の竜雲が忘れられないのだ。

（こういうのを、腐れ縁というのであろう）

市兵衛が本郷の松平加賀守（加賀金沢藩百二万二千七百石）の広大な屋敷前まで来たときだ。

前方から竜雲が使っている小者の伝次が歩いてきた。

「あ、堀田の旦那」

「おお、伝次か。ちょうどよいところで遭うた。今、竜雲のところへ行くところであった」

「親分（竜雲）は、毎日、家におりやす。箱根から帰って以来、どういうわけか気力を失《な》くしましてね」

「そうか。竜雲の怪我は治ったか」

「そのほうは打ち身だけですから——。親分はなにも言いませんが、箱根でなにかあったのですかねえ」

市兵衛は竜雲の気持ちがよくわかった。

今度こそ半次郎を追いつめたと思ったものの、双眸《め》の前にして落石により、取り逃がしてしまった。

（あの落石は誰かが仕組んだにちがいない。恐らく始末屋の影安の奴らだろうが、無明党の探察は、表立ってはできぬ。それに、影安だとしても証拠はないしな）

市兵衛は伝次とともに駒込追分町の坂道を下っていった。

それから四半刻《しはんとき》（三十分）後。谷中善光寺坂にある料理茶屋の座敷に、市兵衛と竜雲がいた。

辺り一帯は門前町で料理茶屋が軒をつらねている。

「どうだ、竜雲」

「どうもこうも、気分がすぐれやせんや」

「そう腐るな。お前以上に心の傷を受けたのは、このおれだ」

「なにかあったので」

「今日、御用人から油をしぼられた」

「申し訳もございません」

「なあに、これもお役めだ。それよりも、御用人から、新たなさぐりを申し渡された」

「どんなことで」

「竜雲、耳を貸せ」

市兵衛は旗本猪丸重左衛門のことを話した。

「つまり、猪丸さまのほうが大事なのだ」

「けれども、半次郎だって御前《ごぜん》のお命を」

「それは、おれも御用人に申したが、どうしても御旗本のほうをということだ」

「相手が御旗本だというと、ことは慎重にやらなければならねえですぜ」

「それはそうだが、相手にとって不足はあるまい。それにな、これはおれの勘だが、猪丸さまを探索すれば、半次郎のことがわかるやもしれぬ」

「旦那の勘が当たればいいんでやすが、あっしは半次郎の野郎が、どうしても許せねえので」

「その気持ちはおれとて同じだ。どうだ、竜雲、気分を新たに、猪丸さまの探索をやってくれぬか。もちろん、おれもやる」

「合点でやす。滅入っていた気分が晴れやしたよ」

「それはよかった」

市兵衛は銚子をとって、竜雲に勧めた。

猪丸重左衛門は家禄《かろく》千五百石の小普請旗本である。

だが、探索となると、相手は旗本だから、迂闊《うかつ》には手が出せないのだ。

六

官兵衛と七之介は、手わけをして町へとび出していた。彫辰の住居《すまい》をさがすためにである。

官兵衛が訪ねたのは、鳶《とび》の頭《かしら》である当作だった。当作の家は小名木川べりの深川海辺大工町に在る。以前《まえ》に当作が阿漕《あこぎ》な借金取立人に困惑しているとき、面倒を見たことがあった。当作も躰にくりからもんもんを入れていた。

「官兵衛さんには、恩義がありやすが、刺青の彫り師彫辰さんという仁《じん》は、聞いたことがないのですよ」

「頭《かしら》の刺青は、彫辰の手によるものではないので」

「あたしに墨を入れたのは、ちがう彫り師でしてねえ」

「いや、変なことを訊いてすまなかったな」

「けれども、望みはなくはありません。うちの若い者にも、墨を入れている者が何人もおりやす。また、知り合いにもね。だから、手当たり次第、訊いて回りますよ。もう少し、日日《ひにち》をくだせえ」

「すまないねえ」

官兵衛はそう言って当作の家を出た。

七之介は軽業師仲間を当たっていた。

軽業師のなかにも、腕や背中に刺青を刺している者が何人かいる。

だが、誰も彫辰の名は知らぬ。

(けれども、知っている奴は必ずいるはずだ)

七之介は浅草奥山の見世物小屋で綱渡りをやっている軽業師・魚平と会っていた。

魚平もまた、背中に般若《はんにゃ》の面の刺青を入れていた。

「彫辰ですか。さあ、聞いたこともありませんよ」

「というと、お前さんに般若の面を彫ったのは、彫辰ではねえのか」

「さいです」

「刺青を入れている仲間に、当たってみちゃあくれめえか」

「いいです。けれども、大丈夫ですとはお引き受けはできませんよ」

「わかっていらあな。そのときはそのときだが、これは真剣な頼みごとだ。八方手をつくして彫辰に刺青を彫ってもらった仁《じん》を探してくれ」

七之介はそう言った。

同じ頃、半次郎は柳橋の船宿『五平』に向かっていた。

(伊助は、彫辰の住居を言わぬうちに死なせてしまった。おれの落度とはいえ、失敗《しくじり》は失敗だ。けれども、組織三日月のお千加の背中にも、白蛇の刺青があった。お千加の浅黒い肌にあったあの白蛇の刺青は、実に見事なものだった。お千加に訊けば、なにかわかるかもしれねえ)

と、半次郎は思ったのだ。

その千加とは、船宿『五平』を通じて、連絡がとれることになっている。

ところが、『五平』には、千加からの連絡文はきてはいなかった。

『五平』の主人は言った。

「いつも、若い者《もん》が手紙を届けにくるんでやすが、このところ、とんと姿を見せませんよ」

「そうか。おれは毎日来るが、もし連絡があったら、ぜひ会いたいと伝えてくれ」

「承知しました」

外に出た半次郎は、両国橋のたもとに立った。長さ九十六間（約百七十五メートル）、幅四間（約七・三メートル）の両国橋は、武蔵国《むさしのくに》と下総国《しもうさのくに》、両国を結ぶところから、この名称がついたという。

橋上の人の往来は絶えることがない。

今もその人の通りはつづいている。

半次郎の双眸《め》には、行き交う人々は、みなそれぞれの目的があるように見える。

（けれども、おれはどうだ。彫辰の手がかりさえもつかめないでいるんだ）

心が重く沈んでいくのを、どう仕様もない半次郎であった。

七

それから三日が過ぎた。

闇の世界の情報網《あみ》には、人を寄せつけない収集力のある影安にも彫辰の情報《しらせ》を頼んだが、使いにきた若い者の定八は、

「まだ、彫辰のことはつかんでおりやせん」

と、申し訳なさそうに言った。

定八は斬殺《ざんさつ》された卯之吉に代わって、半次郎との連絡番になった、影安一家の若い者だ。

「すまねえな」

と、半次郎は言った。

「お頭目《かしら》も、諦《あきら》めずに探すと言っておりやす。じゃあ、あっしはこれで」

「まだ、お頭目の用があるのかえ」

と、半次郎は何気なく訊いた。

定八は言った。

「いえ、お頭目の用ではなく、あっしの親の野暮用で、南新堀町まで行かなければならねえんで」

定八の言葉が、半次郎に天啓のひらめきを与えた。

半次郎は恐縮する定八に、押しつけるように心付けを渡した。

定八が帰っていった後、半次郎は官兵衛と七之介を呼ぶと言った。

「今きた定八が、おれにいいことを教えてくれた」

「どんなことで」

「組織三日月と連絡をとる方法だ」

瞬間、官兵衛と七之介は、半次郎の言っている意味がわからなかった。

「ほれ、十勝屋の番頭与三次のことだ。与三次は伊助殺しを、味噌《みそ》問屋勝蔵に頼み、勝蔵は、殺しを三日月に頼んだ。もちろん与三次は三日月だとは知らねえ。けれども、頼んだ夜、勝蔵は夜空の三日月を見て、〝あの三日月が助けてくれる〟と、謎《なぞ》の言葉を言った。おれたちが、伊助を襲うとき、先にきた三人の侍が、伊助を襲ったが、逆に矢吹の正五郎の毒の吹矢で殪されてしまった。あの三人は三日月とみてまちがいはねえよ。つまり、勝蔵に頼めば、三日月と繋《つな》ぎがとれるということよ」

「けれども、三日月と彫辰は、どのような関係があるので」

と、官兵衛が訊いた。

「その三日月の組織《しくみ》の一員、お千加という女の背中には、白蛇の刺青がある。もしかすると、お千加が彫辰のことを知っているかもしれねえと思ってな。あるいは知らねえかもわからねえが、こうなったら手当たり次第、彫辰を探し出さなければなあ」

官兵衛は半次郎の言葉に、ずしんと胸にくるものがあった。

今、半次郎は千加の背中に、白い蛇の刺青があると言った。

（まだ、一度も見たことはねえが、お末の背中にも、蛇の刺青があるという。もしかして、そうだ、もしかしてお末の背中に蛇を彫ったのは、彫辰ではないのか――）

官兵衛は新たな不安に駆られた。

八

次の日の夕刻――。

髪形を武家用に結い、鼠《ねずみ》色の上衣と紺色の袴《はかま》をつけ、大小を帯した半次郎と、中間風の服装《こしらえ》をした官兵衛は、南新堀町一丁目に在る廻船問屋十勝屋の店を訪れた。

番頭の与三次は、半次郎を見て、

「お武家さま、どうぞこちらへ」

と、奥座敷に招じ入れた。

女中が茶菓を運んできた。

奥座敷は庭に面している。

タチバナモドキの庭木に、赤い果実がたわわに実っている。

「先夜はご無礼をいたしました。お陰さまで例の一件は無事に落着いたしました。なんとお礼を申し上げてよいのやら、これはほんの私の気持ちでございます」

と、与三次は盆の上に、袱紗《ふくさ》包みを差し出した。

切り餅《もち》(二十五両)が、二つは入っているらしい。

例の一件とは、伊助のことを差している。

伊助がこの世から消えたことで、十勝屋の身代は安泰なものになった。切り餅はそのための礼金であった。半次郎は言った。

「先夜も申した通り、このようなものは受け取るわけにはいかぬ」

「ではございましょうが、ぜひともお納めくださいませ。そうしませんと、私の気持ちがすみません」

「気持ちはいただくが、その気持ちを別のほうに使ってほしい。そのために、訪ねたのだ」

「と、申しますと」

「いつぞやそのほうが、頼んだという味噌問屋の御隠居を紹介してほしいのだ」

「勝蔵の御隠居でございますか。してどのような御用件がおありでございますか」

「そのほうが頼みごとをした物騒な内容《もの》ではない。御隠居にさる仁《じん》に連絡をとってほしいのだ」

「御隠居が知ってなさる人でございますか」

「さよう。御隠居でなくては、連絡がとれぬ仁《じん》だ」

「わかり申しました」

「そのほうと同道の上、御隠居に私を紹介してくれればすむことだ」

「お引き受けいたします」

与三次は確約した。

半次郎をあくまで侍と信じているらしい。


それから、二日後のこと。

勝蔵は『角一』という味噌問屋の隠居で、かれの住居《すまい》は永代橋の東詰、深川佐賀町に在った。

網代《あじろ》戸の門の粋な隠居所だった。

侍の服装《こしらえ》をした半次郎と中間風の官兵衛は、与三次の案内で勝蔵の家の座敷に通された。

勝蔵は年のころは六十がらみ。小柄な老爺《ろうや》である。

挨拶が終わった後、与三次は半次郎を紹介した。勝蔵はさり気なく、

「この頃はよい陽気になりましたな」

と、庭の板棚に並べた盆栽に双眸《め》を移した。

与三次は用件に入った。

「今日うかがったのは、山田さまの御要望によるものでございます」

半次郎は前もって与三次に、自分の名前は山田半五郎と伝えておいた。

勝蔵は双眸《め》をほそめながら、

「はて、私にどのような御用がおありでございましょう」

と、言った。

半次郎はずばりと、

「三日月の組織《そしき》に連絡をとっていただきたい」

と、言った。

勝蔵の表情は変わらぬ。

「三日月でございますか。それはどのような組織でございますかの」

「おとぼけなさるな、勝蔵どのは三日月を知っての上とお見受けするが」

「知らぬと申したらどうなさるおつもりでございますか」

「それは、問題ではござらぬ。私は勝蔵どのが知っておるものと思いお話しいたす」

「これは、強引なお人ですな」

半次郎は委細かまわず、

「三日月のなかに、お千加という女性《にょしょう》がおります。そのお千加に、半次郎と連絡をとるよう申し伝えてほしい」

勝蔵は押し黙った。

重苦しい沈黙が流れる。

「勝蔵どの、これは当方のお願いごとのお礼でござる」

と、半次郎は懐から切り餅を出した。

「それは受けとるわけにはいきません。だいいち、三日月などというものは知ってはおりませんので」

「では、こうしよう。私の願いごとをかなえていただいたときに、お支払いいたそう」

そう言うと、半次郎は立ち上がった。

九

翌日の五つ（午前八時）――。

竜雲は急な壱岐坂《いきざか》周辺をほっつき歩いていた。

はた目にはそう見える。

だが、竜雲は二日前から、一日に六回はこの辺りを見回っていた。

壱岐坂は徳川御三家の一つ、水戸家の前から、本郷弓町へ通じる坂だ。

壱岐坂の左右は武家屋敷。猪丸重左衛門の旗本屋敷は、その壱岐坂の途中の道を入ったところにある。敷地は八百坪をゆうに越す、長屋門の宏壮《こうそう》な構えである。

日中でもこの辺りに人影はない。

「どうも外から見ただけじゃあなにもわからねえ。けれども、こうした地道な探索がいずれは実を結ぶんでえ」

竜雲は独りごちた。

それより少し前のことだ。

深川佐賀町の勝蔵の隠居所から、駕籠《かご》が出ていった。

乗っていたのは勝蔵である。

その後から七之介が尾《つ》けていく。

七之介は半次郎からこう言われた。

「いいか、七之介。勝蔵にはゆさぶりをかけておいた。その効果は表われるはず。勝蔵の動きから双眸《め》をはなすなよ」

半次郎の勘は当たった。勝蔵が動いたのだ。

（何処《どこ》へ行くんだ）

七之介は尾けながらそう思った。

駕籠は永代橋を渡ると、新材木町から北を目指す。

そのまま、神田川沿いに西へ向かうと、水道橋を渡る。少し行った先は壱岐坂である。

駕籠はその壱岐坂の途中の横道へ曲がって止まり、勝蔵は武家屋敷へ入っていった。

ちょうど竜雲が二度めの見回りにきたときだ。

「や、駕籠から老爺が。確かに猪丸さまのお屋敷へ入っていった」

勝蔵が入ったのは、猪丸屋敷だった。

勝蔵が潜《くぐ》り戸から屋敷へ入ったところをみると、猪丸家とは以前《まえ》から交流があるらしい。

むろん、竜雲は勝蔵だとは知らぬ。

この様子に気付いた者がいた。勝蔵の後から尾けてきた七之介である。

七之介は竜雲を見て、さっと武家屋敷の横道の角に隠れた。

竜雲は去っていこうとする駕籠昇《かごか》きに声をかけた。

「おい、待ちねえ。今の老爺はどこの誰だ」

駕籠昇きは竜雲の言動から、町方の手先と看《み》てとったのか、素直に答えた。

「深川佐賀町の御隠居の勝蔵さんでござんす」

竜雲はそれだけ聞くと、反対方向へ去った。

七之介は小路にひそんでいた。

やがて、四半刻（三十分）も過ぎたころか、勝蔵の入っていった向かい側の武家屋敷から中間が出てきた。七之介は中間に声をかけた。

「あのう、ちょっとお尋ねいたしやすが、山田さまのお屋敷はこちらで」

と、勝蔵の入っていった屋敷に双眸《め》を向けて訊《たず》ねた。

三十格好の中間は、

「山田さま？　そのお屋敷は、御旗本の猪丸重左衛門さまのお住居《すまい》だ。山田さまとは聞いたことがないねえ」

「へい、へい。ありがとうございます」

と、七之介はぺこりと頭をさげるや、早足で去っていった。

それから、半刻（一時間）後。

浅草橋場町の家では、半次郎が七之介の報告を聞き、『武鑑』をめくっていた。

『武鑑』というのは、大名や旗本の職員録だ。

これを見れば、人物情報がわかる。

「あったぜ、七之介。猪丸重左衛門は千五百石の御旗本だ」

と、半次郎は言ったが、すぐに首をかしげた。

猪丸重左衛門の名をどこかで聞いたことがあると思ったからだ。記憶をまさぐったが、出てはこない。

実はその名を聞いたのは、半次郎が矢吹の正五郎の毒の吹矢に当たり、生死の境をさ迷っていたときなのだ。

そのとき、影安が実の父親だということを、影安自身が医者の中川宗順に言ったことだけは憶えている。だが、あとのことは朦朧《もうろう》とした意識のなかでのことである。

「この御旗本と勝蔵とは、どんな関係があるんだ」

七之介は官兵衛とともに、影安と宗順の話を、隣室で聞いていたので知っていた。

(けれども、お頭目《かしら》の過去《まえ》のことだし、話していいものやら。このことは、官兵衛どんにまかせよう)

と、思った。

昼過ぎになって官兵衛が帰ってきた。

旗本猪丸重左衛門の話を聞いた官兵衛は、

「なんという因果なことですかねえ」

と、影安のことを話した。

「そうか。お頭目が叩っ斬った猪丸十郎太は、当主、猪丸重左衛門の実弟だったのだな。

しかも、お頭目の犯行現場を、おれの親父が見ていて黙っていたとはな」

半次郎は官兵衛と七之介の手前、影安が本当の父親だということを、わざと知らぬ素振りをよそおった。

官兵衛は言った。

「あっしのさぐりでわかったことを申し上げます。お頭目に斬殺された当主の弟の十郎太は、札つきのワルだったとのこと。ゆえにむしろ厄介払いができたとか。当主の重左衛門は四十歳で、なかなかの切れ者というわさでやす」

「そうか。もう少し猪丸重左衛門をさぐる必要があるな」

十

深川佐賀町は永代橋の東詰に広がる一帯の町だ。

勝蔵の隠居所の通りにも、川風が流れている。

五つ半（午後九時）――。

竜雲は勝蔵の隠居所の前をうろついた。

（人影はねえし、一つ潜り込んでみるか）

竜雲は辺りを見回し、人影がないのを確かめると、隠居所の生け垣に近付いた。

そのとき、竜雲は、はっとした。

闇のなかから、湧いたかのように、黒の着流しの浪人が、じいっと竜雲を凝視《みつ》めていた。

流れる雲から月が顔を出す。

瞬間、竜雲は総毛立った。

（あっ、奴だ！　あのときの――）

それは、幽鬼のような浪人だった。

蓬髪《ほうはつ》。蒼白《あおじろ》い面《おもて》。削《そ》いだような頬《ほお》。淀《よど》んだ双眸《め》。

以前、無明党の探索で、薬研堀《やげんぼり》の三味線の師匠・喜代松の家へ忍び込んだとき、妖気《ようき》漂う黒の着流しが現われた。

黒の着流しは、無言で竜雲に斬りつけてきた。竜雲は必死に逃げたことがあった。

そのとき、竜雲は、

「化け者だ！」

と、思った。

その黒の着流しがまた現われたのだ。

しかも、竜雲をじいっと凝視《みつ》めている。

竜雲は金縛りに合ったかのように、一歩も動けなかった。黒の着流しの殺気は昂《たか》まっていく。

打ち込んできたら、避けることはできぬ。

吐く息。吸う息。吐く。吸う。そのときだ。

一匹の白猫がかたわらの塀の上に、啼きながらとび乗った。

殺気が乱れた。

（今だ！）

竜雲は脱兎《だっと》のように逃げた。

翌日、竜雲は東大久保の老中田沼意次の別邸近くで、堀田市兵衛と会った。

「その幽鬼のような浪人は、おれも遭うたことがある。確かに正体不明の恐ろしい奴だ。勝蔵という隠居の背後に、その浪人がおるのやも知れぬ」

「というわけで、御旗本猪丸さまのほうは、まだ、探索が進みません」

「その猪丸さまのことだが、あのお屋敷は渡り中間《ちゅうげん》が入っておるそうだ」

「どちらの御旗本でも、内情は苦しいと聞いておりやすよ。けれども、渡り中間なら、安く雇えやすからねえ」

「その中間の口に空きができたとのこと。どうだ、虎穴《こけつ》に入らずんば虎子を得ずという。猪丸さまという虎穴に入ってはくれまいか」

「えっ。じゃああっしが、渡り中間になるんでござんすか」

「この役目は危険を覚悟せねばならぬ。危険を感じたときは、逃げてくればよいのだ。やってくれぬか」

竜雲は思案した。

(けれども、猪丸さまのことを探り出すためには、お屋敷にもぐり込むのが手っ取り早い。今のように外から探索していても、埒《らち》はあかねえしな)

「合点でやす。渡り中間として、猪丸さまのお屋敷へ替り込みやしょう」

「おお、引き受けてくれるか。かたじけない。その代り礼ははずむ」

「けれども、旦那との連絡はどうするので」

「一日二回、おれが見回りに行く。お前はその時刻《とき》、外に出てくればよい」

「緊急の用のときはどうするので」

「重大事のときは、水道橋北詰にある辻番屋《つじばんや》へ駆け込め。おれの手の者がいる。お前のことは言うておく」

「あの勝蔵という隠居はどうしやす」

「そちらのほうは、おれがさぐる。お前が猪丸さまのお屋敷に、中間として住み込めば、勝蔵のことがわかるやも知れぬしな」

第七章　暗殺集団三日月

一

お千加から連絡してきたのは、半次郎が勝蔵と会った五日目のことである。

（おれの睨《にら》んだ通り、勝蔵は組織三日月の連絡係だったのはまちがいねえ。それでなければ、お千加が連絡してくれるわけはねえものな。そして、猪丸重左衛門という御旗本も、お千加のいる組織三日月と、どこかで結びついているのだろう。お千加からそのことが聞き出せるかどうか。あの女もしぶといからな）

千加は約定の八つ（午後二時）、船宿『五平』に現われた。

この時刻を指定してきたのは、千加であった。

朝からぬけるような青空が広がっている。

船宿『五平』の離れ座敷は、大川に面していた。川面に躍る日の光のせいか、離れの障子窓は明るい。

「連絡が行ったのかえ」

と、半次郎は開口一番、わざと核心を衝《つ》いた。千加は微笑《ほほえ》んだ。

「連絡などとは知りませぬ。久しくお会いしていなかったからですよ。あなたはどうして
あたしのことを気になさるのですか」

「気になることは、お千加さんの蛇だよ。蛇を拝ましてもらって以来、もう一度、見たく
なってね」

「あたしでなく蛇ですか」

「そう拗《す》ねるな。白蛇はお前さん、お前さんは白蛇ではないか」

「蛇は魔性の生きものですよ」

千加は早くも、酒の酔いが回ったのか、ほんのりと、頰《ほお》が桜色に染まっている。

「その蛇がおれを狂わした。一体どこの彫り師がやったんだ」

「どうして、そんなことをお訊《き》きになる」

「おれも、彫ってもらいたいと思ったからだ。蛇でなく別物をね」

「白蛇を彫ってくれたのは、名人・彫辰さんですよ」

千加はさらりと言った。

意外にかんたんに言ったものだから、半次郎は一瞬、拍子ぬけした。

しかし、そこはさり気なく、

「なるほど、名人というだけあって見事なものだ。それで、その彫辰さんは何処《どこ》に住んでいるんだ」

「あたしが白蛇を彫ってもらったのは、内藤新宿でしたがね」

「そこが、彫辰さんの住居《すまい》かえ」

「住居じゃあありませんよ。『日の屋』という笠屋《かさ》さんですよ。彫辰さんの家がどこにあるのかは知りません。仕事をするときは、『日の屋』さんの奥の部屋を借りて。けれども、彫辰さんは気分屋で、気の乗ったときしか仕事をしません」

「そうかい。彫辰さんのほかの仕事場を知らないかえ」

「知りませんねえ」

大川を行く荷船から、船頭の唄声《うたごえ》が聞こえてきた。

ほそめに開けた障子窓から、涼風が流れてくる。

次の間のふすまを開けると、障子窓から壁にかけて、四曲の屏風《びょうぶ》が立てられていた。

そのせいか、座敷は薄暗い。

千加は半次郎に背を向けて、水色の小袖《こそで》をさらりと脱いだ。浅黒い背中に、何匹もの白蛇が宝珠型にからみ合っている。

それは、淫靡《いんび》な感じではない。昼間見ると、まるで、観音菩薩《かんのんぼさつ》の頭にある宝冠を思わせる神々しさだ。

しゃんとのばした背中いっぱいに彫られた白蛇の一匹一匹が、まるで生きているかのように見える。

半次郎が白蛇の彫りものを見るのは、これが二度目だ。だが、見ていくうちに双眸《め》は惹《ひ》きつけられていく。

半次郎は次第に心を奪われていった。

（この想《おも》いはなんだろう）

と、思う。

幽玄な世界に誘《いざな》われていった半次郎は、いつしか忘我の境地をさ迷っていた。

そのとき、千加がくるっと振り返った。

そして、言った。

「白蛇を御覧になられましたか。今まで眠っていた蛇が、目をさましたのです。あたしにはよくわかります。一匹一匹の蛇が蠢《うごめ》いている感じが、躰《からだ》にいたします。白蛇はあなたを待っておりますよ」

千加は微笑んだ。
(観音菩薩だ。お千加は観音菩薩だ)
半次郎は思わず千加を抱きすくめた。
「ああ」
千加がのけ反る。
二人は折りかさなって、敷布団の上に倒れた。
半次郎の双眸《め》の前に二匹の蛇が円を描く乳房があった。
半次郎は乳房をなで、乳首を吸った。
乳首は固くなり、血脈の浮いた乳房の上に、二匹の蛇が熱くなっていく。
その蛇を両手で愛撫《あいぶ》する。蛇を愛撫する。
半次郎の膝《ひざ》は、千加の股間《こかん》に入り、花芯《かしん》を膝頭がなぞる。
千加が声を上げて応《こた》える。
すぐに、指で蕾《つぼみ》をつまむ。上下左右に軽くゆする。花芯から泉が溢《あふ》れてくる。
さらに花芯の奥へ指が侵入する。
「蛇が――」
千加があえぎながら声を出す。

かの女の手は、半次郎のものを握りしめている。その手を前後に動かす。
半次郎はその手を優しくはずすと、千加の波打つ腹に舌を這《は》わす。
そのまま、半次郎の舌は下へ落ちていき、蕾に這った。
「う、う、う」
千加が声を上げる。
充分に舌技を加えるや、花芯に舌が這っていく。
花芯はおびただしい泉に溢れている。
舌を蛇の舌のように、ちろちろと動かす。
「ああ、もう、もう」
千加が切なそうに声を上げる。
半次郎は背中の蛇を見たいと思った。
千加の躰を返した。
たくさんの蛇が迎えた。
かたちのよい小さな臀部《しり》をつかむとゆっくりと埋めていく。
「ああーっ！」
千加が声を上げる。

官能の波がせり上がっていくなかで、半次郎は揺動を始めた。
御法にのっとり、二深六浅法を使う。
二回は深く、六回は浅く。
千加が焦《じ》れて、臀部を押しつけてくる。
そうはさせじと、半次郎は腰をつかみ、御法をくずさぬ。
解いた長い黒髪の何本かが、千加の首筋に汗でへばりついている。
今度は外し、千加を仰臥《ぎようが》させる。
乱れた髪が鳥の翼のように広がっている。
千加は半次郎の手を把《つか》んで離さぬ。
半次郎は埋めた。
二深六浅法の御法をつづける。
千加は何度も声を上げ、快美感の苦痛に似た表情を浮かべる。
御法をつづけ、そして休み、またつづける。
千加の性情に合わせておこなうのだ。
淫《みだ》らになることが、さらなる昂《たか》まりを呼び、快美の波が迎える。
今や二人は一つになって、波のなかに溶け込んでいく。

千加は何度も「いく」と言った。

その昂まりをどこで極《きわ》まりにもっていくかは、半次郎の操り次第だ。

半次郎の御法は変わった。

二深六浅法から、すべて深いものに移り、揺動の間隔はせまくなっていく。

千加は昇りつめていく。

半次郎も——。

そして、半次郎は千加のなかへ放出した。

千加は声を上げ、迎えた。

二

「それで、御前さま（猪丸重左衛門）は、いまだに独り身なんですかい」

と、竜雲は訊いた。

時刻《とき》は五つ半（午後九時）を過ぎていたころか。

ここは、猪丸重左衛門の旗本屋敷の中間部屋である。竜雲が渡り中間として住み込んで五日になる。

竜雲は猪丸をさぐるため、古くからいる中間の文吉に、酒を振舞った。

竜雲は自分《おのれ》は竜助だと名乗っていた。

「独り身といってもなあ。けれども御前は、女にうつつを抜かすような方じゃあねえよ」

「つまり、お堅い方なので」

「そうともいえるし――」

「どんな方と、お交際《つきあい》があるので」

「それは、おれたちみてえな、下々《しもじも》の者にはわからねえな」

「なるほど。けれども、家禄《かろく》千五百石の御旗本ともなれば、さぞかし御立派な方がこの御屋敷にみえるのでしょうねえ」

「それはな」

「どんな方がです」

「根掘り葉掘り聞いてどうする気だ」

酔いが回ったとはいえ、さすがに文吉も竜雲を疑い出したようだ。

竜雲はあわてて、

「いえね、渡り中間とはいえ、こちらにお世話になったのですからね。粗相があっちゃあいけないと思いましてね。それで、前もって知っておいたほうがいいかと。へい」

「まあ、そのうちわかってくらあな」

「そうですねえ。さ、もっと酒《や》ってくだせえ」

と、徳利を手にとった。そして、

(あまり短兵急にやると、おれの正体が露顕《バレ》てしまう)と、思った。

次の日の七つ(午後四時)――。

文吉が法被《はっぴ》に梵天帯《ぼんてんおび》、中間の制服を着て、長屋を出ていった。

門の前には、二重腰駕籠《かご》が用意してある。

中間部屋があわただしくなった。

竜雲は長屋の裏門から外に出て、塀のわきに隠れた。

見ると、細い眸《め》の蒼白《あおじろ》い痩《や》せた侍が駕籠に乗るところだった。供侍はいない。

(あの神経質そうなお侍が、猪丸重左衛門だ。供侍がいないところをみると、お忍びだな)

と、竜雲は思った。

文吉ともう一人の中間が、駕籠をかつぐ。

竜雲はそれを見ると、駕籠の後を尾けた。

駕籠は北へ向かう。小石川築地片町から下富坂町を通り坂を上がる。この辺りは坂道が多い。駕籠が止まったのは、伝通院《でんずういん》の裏手にあたる一軒の百姓家だ。

裏手には竹藪《たけやぶ》。その向こうは寺が何軒もつづいている。

癇《かん》の強そうな猪丸重左衛門が駕籠から下りて、百姓家へ入っていった。

二重腰駕籠は前庭に入り、出てはこない。

当主の重左衛門の帰りを待っているのであろう。竜雲は気付かれぬよう裏手へ回った。

そこの竹藪のなかから、そっと百姓家を見た竜雲は、はっと息をのんだ。

百姓家の周囲に、警護の侍が数人立っている。

(うっかり塀のなかへ忍び込まなくてよかった。そうか。供侍を連れて来なかったのは、あの侍どもがいたからだ。けれども、この百姓家には誰《だれ》が住んでいるんだ)

竜雲は竹藪から道に出た。

屋敷を出るときは、黙って出てきたのだ。

(怪しまれちゃあいけねえからな)

竜雲はとんで帰った。

「おい、竜助、どこへ行ってたんだ」

中間頭の紋次が、きびしい表情で訊《たず》ねた。

「お頭、すみません。お屋敷の湯殿の外で片付けをしていたので」

「片付けもの。なにを片付けていたのだ」

竜雲は裏庭に薪《まき》が割ったままにしてあるのを思い出し、咄嗟《とっさ》に言った。

「薪でございます」

「片付けるときは、おれに前もって言うんだ。いいか、わかったか」

「申し訳もございません」

紋次が立ち去ったとき、竜雲の全身に冷や汗が噴き出てきた。

「お頭には気を付けろよ」

と、別の中間が、にやにや嘲《わら》った。

「驚いたぜ。文吉兄いもいないので、ちょいと外で息抜きをしてきたんだ」

「御前がいないときは、お頭は気が立っているのさ」

「御前は駕籠で、何処へ出かけたんだい」

「これさ」

と、中間は小指を立ててみせた。

「女か。女がいるのか」

「大きな声では言えねえが、伝通院裏に、お絹さんという女がいる。その方が御前の愛妾《おんな》なんだ」

「へえ。御前は独り身と聞いていたんですが」

「独り身で一生過ごせるわけはねえ。けれども、お絹さんがいるから、奥方を迎える気にはならねえのかも知れねえ」

「お絹さんというのは、そんなに好《よ》い女なんですかね」

「さあ。見たこともないからねえ。文吉兄いなら見ているはずだが、もう十年も囲っていなさるから、肌が合うんじゃあねえか」

中間は野卑な笑いをうかべた。

その夜、約定の時刻に、猪丸屋敷の近くまで来た堀田市兵衛に、竜雲は報告した。

「あっしの考えでは、伝通院裏の百姓家を買い取って、妾宅《しょうたく》にしたんじゃあないかと思いやす」

「そうか。その百姓家は、おれが探る」

「旦那《だんな》、気を付けてくだせえよ。猪丸さまが通うときは、その家を侍が警護してます」

「わかっておる。猪丸さまは、何日置きにその女の家へ通っていなさるのだ」

「十日おきだそうでやすよ。じゃあ、あっしはこれで屋敷に戻りやす」

「お前も用心して務めを果たせよ」

市兵衛と竜雲は右と左に別れた。

三

内藤新宿は甲州街道の宿駅である。

宿駅は上町、仲町、下町にわかれ、茶屋や旅籠《はたご》が軒をつらねている。むろん、宿駅にはつきものの岡場所もある。

彫辰が使っていたという笠屋《かさや》『日の屋』は大木戸の近くの下町に在る。

半次郎は武士の服装で、『日の屋』の前に立った。今日の半次郎は裁着袴《たつつけばかま》（裾《すそ》をくくった袴）に二本差し。いかにも旅に出る扮装だ。『日の屋』をどういう男がやっているのかわからぬ。

なればこそ、わざと旅仕度をしてみたのだ。

もちろん、旅に行く者にとって笠は必要である。

「ごめん」

半次郎は編笠や菅笠《すげがさ》が下がる『日の屋』の店先に立った。

ややあって、店の奥から淀《よど》んだ眼差《まなざ》し、乱れた髪の男が出てきた。小柄な男で垢《あか》じみた着物を着ている。精気のないどす黒い顔色である。

年のころは四十がらみだろうが、全体が年より老けている。息が酒臭い。

「どんな御用で」

「浅目の編笠をもらおう」

男は先に引っ掛け金具のついた、細長い棒を使い天井から下がる浅目の編笠を取った。

勘定を払った半次郎は言った。

「それから、尋ねたいことがある」

男は黙っている。

「もうかなり前のことだが、この家の奥の部屋を借りておった、彫辰は今どこにおる」

男は答えぬ。

顔の表情にも変化はない。

半次郎は言った。

「彫辰のことだ。彫り師の彫辰だが」

「もういないよ」

「いつ来るのだ」

「知らないね」

「この家の奥の部屋を、彫辰に貸していたはずだが」

「確かに貸した。けれども、貸したのは昔のことだ。それからは音沙汰《おとさた》なしだよ」

「いつ頃《ごろ》、貸した」

「十年以上前になるよ。よく憶《おぼ》えていないね」

「彫辰の住居《すまい》はどこにある」

「さあねえ――お客さん、用が済んだら帰っておくんなさいよ。あたしは忙しいんだ」

男はそう言って、店の奥へ入っていってしまった。

官兵衛は半次郎が『日の屋』へ行っている間、付近で聞き込みをおこなっていた。

『日の屋』の筋向かいに草履《ぞうり》屋がある。

宿駅だから旅に出る者にとって草履は必需品だ。

官兵衛は藁《わら》草履を買うと、人の好さそうな店の主人《あるじ》に、

「そうだ。笠も買っていかねばな。この辺に笠屋さんはあるかい」

「筋向かいにありますが、今日はやっていますかね」

主人は店先に出てきたが、

「お客さん、一足ちがいでしたよ」

「どういうことで」

「ほら、ご覧なさい。もう店を閉めましたよ」

「まだ日があるのに、早いじゃあないかえ」

「あの店は『日の屋』というのですがね。主人の新五郎さんは偏屈で、気が向かないと何日でも店を閉めてね。今日もつい先刻まで店を開いていたんですが……」

「その新五郎さんは、かなり以前《まえ》から、笠屋の店を出していなさるのかえ」

「店は古いのですが、新五郎さんがあの店を買いとったのは、今から七年前ですよ。もう四十になるというのに、連れ合いもなくてね。酒びたりの毎日ですよ」

「人はそれぞれというけど、それで御飯《おまんま》を食べていけるなら結構なことだねえ」

官兵衛はそう言って、草履屋を出た。

四

それから二日経《た》った。

朝から小雨が降っていた。

七之介は今日も探索のため、壱岐坂《いきざか》を上がっていった。猪丸屋敷のそばまできたとき、はっとして足を止めた。

坂のところで、中間と侍が立ち話をしていたのだ。

（あの金壺眼《かなつぼまなこ》の中間は、竜雲だ！　奴《やつ》と話をしている侍は知らねえが――）

差していた傘で面体を隠し、それとなく見ていると、二人はすぐに別れた。

竜雲はそのまま、猪丸屋敷へ入っていく。

（竜雲の奴が入っていったのは、御旗本の猪丸さまのお屋敷だ。してみると奴は、あのお屋敷に中間として住み込んでいやがるんだな。奴と話していた侍が気になる。どこのどいつなんだ）

侍は堀田市兵衛であったが、七之介は知らぬ。

七之介は番傘を差した市兵衛の後を尾け始めた。

同じころ、半次郎は柳橋の船宿『五平』を訪ねていた。千加は暗殺集団三日月の一人だ。千加がどんな目的で、自分《おのれ》と会っているのかはわからぬ。

船宿の主人は、半次郎を迎えると言った。

「昨日、お千加さんからの使いの者が、半次郎さんに渡してほしいと、預っているものがございます」

と、箪笥《たんす》の引き出しから、紙包みを出してきた。

「お出くださってようございました。お預りものをしていると、気になりましてね」

「面倒をかけてすまねえな」

半次郎は小さな紙包みを開いた。

なかから出てきたのは、『小倉百人一首』のうた歌留多《かるた》だった。

その札は、崇徳院《すとくいん》（一一一九〜一一六四）の歌であった。札の上に下、下に上と書かれてある。

『瀬《せ》を早《はや》み岩にせかるる滝川《たきがわ》の
われても末《すえ》に逢《あ》はむとぞ思ふ』

いったん岩により二つに分かれた急流でも、将来は一つになるという恋歌である。

船宿『五平』を出て、大川端に立った半次郎は、千加が届けた、『小倉百人一首』の趣向を思案した。

（まさか、お千加の恋情を託したものじゃあねえだろうなあ。そんなことはねえはずだ。確かにお千加とは、肌を合わせたが、おれもお千加も、恋などという気持ちは、これっぽっちもねえ。互いに真意の探り合いこそすれ、恋などという青臭いものとは無縁だ。じゃあこの歌を託したお千加の目的はなんなのだ。それに上と下とはどういう意味なんだ）

やがて、夜となってから雨は止《や》んだ。

官兵衛は内藤新宿下町に在る、『日の屋』の裏口に潜んでいた。

昼間から新五郎は店を閉めている。

破れた板戸に耳を押しつけると、内部《なか》からボソボソと呟《つぶや》く声が聞こえてくる。

「てやんでえ。それがどうしたっていうんだ。ふん、笑わせるぜ……」

はじめ新五郎が誰かと話しているのかと思ったが、どうもそうではないらしい。

官兵衛は板戸を細めに開けた。

板戸の向こうは土間で、水瓶《みずがめ》や竈《かまど》があり、その先が、破れ障子の部屋になっている。明りが見えるところから、新五郎はその部屋にいるのだ。

官兵衛は大胆にも、板戸を開けて土間に忍び込んだ。障子に近付く。障子紙はところどころ色が茶っぽく変わっている。

破れ穴からのぞくと、新五郎が独り、万年床の上で、茶碗《ちゃわん》酒を飲んでいた。

淀んだ双眸《め》に乱れた髪。新五郎のすさんだ面体が蠟燭《ろうそく》の明りに浮き上がって見える。

「誰が悪いというんだ。悪いのはこの世の中だ。世の中がおれをこんなにした。こんなになあ。この手がなあ。この手が！」

新五郎は喉《のど》を笛のように鳴らして嘲《あざけ》った。

官兵衛がいるのも気付かぬのか、新五郎は右手を明りにかざした。

その右手は小刻みに震えている。

「この手が。この手が——！」

新五郎は拳《こぶし》で、破れ畳を何度も叩《たた》きつづける。

茶碗がひっくりかえり、なかの酒がこぼれる。新五郎はそのまま、万年床の上に倒れる。

なにか呟いていたが、そのうち眠り込んでしまった。官兵衛は破れ障子を開けると、部屋に入った。広さは六畳だ。

泥酔している新五郎は、高いびきをかいている。官兵衛は部屋のなかを見回した。

すり切れた畳。ぼろぼろになった壁。押入れのふすまはなく、簞笥《たんす》もない。

ただ、衣魚《しみ》のついた万年床のわきに、徳利がころがっているだけだ。

部屋のなかは、新五郎の熟柿臭《じゅくししゅう》が、むせ返るように充満している。

（こいつはたまらねえや）

官兵衛は袂《たもと》で鼻をおおい外へ出た。

五

「なんでえ」

七之介は呟いた。

ここは、伝通院裏の猪丸が別宅にしている百姓家だ。

市兵衛を尾けていた七之介は、今日で二回ここに来たことになる。

初めは雨が降っていた昼間。市兵衛はこの百姓家の近くまできた。そのときは百姓家に数人の侍がいた。それを確かめた市兵衛は、東大久保の田沼意次の別邸に寄り、夕刻、また別邸から出てきた。そのとき、侍が、

「堀田どの、お気を付けて」

と、言った声を七之介は聞いた。

（あのお侍の名は堀田か。堀田の寄った屋敷は、老中・田沼さまの別邸だ。ゆえに、堀田というお侍は、無明党の一員にちげえねえ。尾《つ》けてきたことは無駄じゃあなかったぜ）

七之介はほくそ笑んだ。

そして今、堀田市兵衛は伝通院裏の百姓家に、二度めの見回りにきたのだ。市兵衛は慎重に近付いた。家の雨戸は閉まり、人の気配はしない。市兵衛は前庭に入った。かたわらに石井戸があり、庭のたくさんの植込みは、きれいに手入れが行き届いている。

「人はおらぬようだな」

市兵衛は独りごちて、家の周囲を回った。

そのまま、しばらく立っていたが、前庭から外へ出ていった。市兵衛が立ち去ったのを

見届けてから、七之介は前庭に忍び入った。

雨上がりの初秋の夜は、大気が澄んでここちよい。七之介は無人なのを確かめると、板戸をこじ開け、なかへ入った。懐から火打ち袋を取り出すと、座敷にあった燭台《しょくだい》の蠟燭《ろうそく》に火をかけた。

座敷は十畳間。床の間があり、部屋は平書院造りだ。百姓家を改造したのだろう。七之介は燭台をもって、家のなかをさぐった。間数は六間あり、どの部屋も掃除がゆき届いている。押入れを開けてみたが、布団が入っているだけである。ふたたび、八畳間に戻る。床の間のわきの雁木棚《がんぎだな》を開けた。そのとき、表のほうで数人の足音がした。七之介は雁木棚を閉め、さっと奥座敷へ走った。板戸を開ける音がして、話声が聞こえてくる。

七之介はいちばん奥の座敷の押入れに入ると、ふすまを閉めた。押入れの天井板を外し、天井裏へ潜り込んだ。ほぼ同時に、数人が奥座敷に入ってきた。

「あれを確かめろ」

「わかっておる」

七之介の潜り込んだ天井板が外された。

かれは咄嗟に太い梁《はり》の上に躰を伏せた。

龕灯《がんどう》の明りが差す。

（天井裏に来るのか！）

七之介は懐に呑《の》んだ短刀《あいくち》に手をかけた。

相手に聞こえるのではないかと思うほど、激しく動悸《どうき》がする。龕灯の明りが埃《ほこり》のたまった天井裏を差す。外した天井板から、顔が出た。明りが一点に集中する。そこに、書状のようなものが置いてあった。

「大丈夫だ」

「そうか」

明りが消え、天井板が閉じた。

七之介はしばらく梁にへばりついていた。

話し声は聞こえてこない。七之介は書状のようなものを懐に入れた。天井板を外して押入れに降り、ふすまを細めに開けた。座敷はまっ暗だ。七之介は先刻さぐった裏口へ、音もなく消えた。

六

次の日、竜雲は壱岐坂近くで堀田市兵衛と会っていた。約定の連絡時刻だ。

「竜雲、おれは昨日、例の伝通院裏の百姓家をさぐってきた」

「なにかわかりましたか」

「二度行ったのだ。最初は侍どもがおったが、夜出かけたときは、誰もおらんかった。どうもあの家は、気味が悪い」

「その家のことですが、おかしいので」

「どういうことだ」

「あの家には、お絹さまという猪丸さまの愛妾がいますが、本当にそうなのかどうかわからないので」

「というと」

「先日、猪丸さまはお出かけになったのですが、半刻（一時間）後には、もうお屋敷に戻ってこられたんでやす。愛妾のところへ行くには、帰りが早すぎると思うんでやすが」

「それは、たまたまではないのか」

「ところが、中間に訊きやすと、いつもそうだと言いやす」

堀田市兵衛は考え込んだ。

確かに竜雲の言うことには一理ある。

「あっしは、お絹さまというのは、本当にいるのかどうかと疑がってしまうんでやすよ。

だいいち、お絹さまを見た者は一人もいねえんですからね。それともう一つ」

「もう一つなんだ」

「あの家へ行った帰りの猪丸さまは、いつも黙り込んで不機嫌だとか。だから、お屋敷の者も御前の勘気にさわらねえように、ぴりぴりしてまさあ」

（もしも、お絹なる愛妾が架空の女性《にょしょう》とすると、猪丸さまがあの家へ行く目的はなんなのか）

市兵衛の双眸《め》の前に、不気味な気配のただよう百姓家が浮かび上がってきた。

「竜雲、猪丸さまの動静《うごき》を、徹底的に洗うのだ。頼むぞ」

市兵衛は言った。

二人は気付かなかったが、この場の様子を物陰に隠れ、見ていた者があった。中間の文吉である。

「竜助の野郎、前から臭せえ野郎だと思っていたのだが、やっぱりな。覚えていろよ」

文吉は憎々し気に呟いた。

そのころ、官兵衛は深川海辺大工町の鳶《とび》の頭《かしら》当作を訪ねていた。

「おお、官兵衛どん。よいところに来なさった」

当作は官兵衛を迎えた。

「頭、彫辰のことでなんかわかりましたか」

「わかったんだよ」

「えっ、彫辰の住居《すまい》がですか」

「ちがうんだ。彫辰のことを知っている者がいたんだよ」

「だ、誰です」

「世間は狭いもんだ。官兵衛どんから頼まれて、知り合いをあたったんだが、誰も知らねえ。ところが、おれが彫辰のことを探しているのを聞きつけたのが、お信婆《ばあ》さんだった」

「お信婆さんというと」

「家の飯炊き婆さんだ。彫辰の顔を知っているとな」

官兵衛は少々がっかりした。

彫辰の顔を知っていたところで、肝心の住居《すまい》は知らないのだ。それでも、なにかわかるかも知れぬ。早速、お信を呼んでもらった。

すぐに、六十格好の小柄な老婆《ろうば》が官兵衛の前にやってきた。

「彫辰の顔を知っていなさるとか」

官兵衛が言うと、お信はこっくりとうなずいた。

「あれはもう十五、六年、前になるかねえ。あたしが深川で居酒屋をやっていたときだよ。店は死んだ亭主がやっていたんだよ。あたしは毎日、板場で亭主と一緒に働いていたんだ。そのときに、毎晩、飲みに来てくれたのが、彫辰さんだったよ」

「じゃあ、彫辰さんは深川に住んでいたのかい」

「いいや、ちがう。あの人は住居《すまい》なぞ持たなかったよ。刺青を彫るときは、知り合いの家の部屋を借りて、そこで仕事をしていた。酒が好きな人でねえ。彫り師としての腕は大したものだけど、気が向くときしか仕事をしない。彫辰さんは言っていたよ」

「どんなことを言ったので」

「魔性を彫《い》れたときは、飲まずにいられないとね」

「魔性というと、どんなものを彫ったんだ」

「蛇だよ。彫辰さんは蛇しか彫らなかったんだよ」

官兵衛は瞬間、まだ見ぬ娘、末を思った。

末の背中にも蛇の刺青があると聞いている。

江戸に彫り師は何人かいるが、

（まさか、お末の刺青は彫辰が彫ったものではないのか。しかも、彫辰は半次郎さん一家を惨殺した、謎の強盗団の一人なのだ。それとお末が何か関《かか》わり合いがあるんじゃあねえ

か）

それは恐ろしい想いだった。
考えたくはない想いだった。

第八章　修羅八荒

一

七之介が天井裏から持ってきたのは、連判状だった。

半次郎の双眸《めひ》を惹きつけたのは、そこに書かれた、闇《やみ》の大黒天の署名である。しかも、闇の大黒天は二人いた。錦屋《にしきや》の両親と三十人の奉公人全員を惨殺した、謎《なぞ》の強盗団の首領が二人いたとは——!?

連判状のなかには、秋川冬兵衛の名がある。

（あの幽鬼のような秋川冬兵衛が名を連らねているところをみると、これは暗殺集団の三日月の連判状とみてまちがいねえ。けれども、三日月の連判状だとすると、お千加の名が無《ね》え。こいつはおかしい。お千加は秋川冬兵衛と行動をともにしていた。だから、三日月の一人だと思っていたのに——。それと、もっと大事なことは、三日月の首領が、二人の闇の大黒天だったということだ。だとすれば、おれの家に押入った謎の強盗団は、三日月の仲間だったのか。いや、そうじゃあねえ。おれが斬殺《ざんさつ》してきた、強盗団の奴《やつ》らは誰《だれ》も三日月の奴らじゃあなかった。三日月以外の奴らだった）

半次郎の想念はつづく。

（隠居の勝蔵は、猪丸屋敷へ行き、三日月と連絡をとった。そして、お千加が現われた。だから、猪丸重左衛門は三日月か、さもなくば三日月とかかわりあいのある男にちげえねえのだが——）

半次郎が連判状を前にして、沈思しているとき、官兵衛が戻ってきた。

「官兵衛どん、なにかわかったかえ」

「わかったといえば、そうとも言えるのでやすが……」

と、官兵衛はお信婆《ばあ》さんのことを話した。

じっと耳を傾けていた半次郎は、しばらくして、

「官兵衛どん。すまねえが今一度、鳶《とび》の頭当作どんのところへ行って、お信婆さんを連れてきてはくれねえか」

と、言った。

「なんでまた、お信婆さんを——」

「そう思うのも無理はねえ。おれも確たる根拠《もの》があって頼んでいるんじゃあねえが、強《し》いていえば勘だよ。けれども、今は藁《わら》をもつかみてえ思いで彫辰の行方《ゆくえ》をさがしているんだ。おれの勘が当たらなければそれはそれで仕方もないが、試してみる価値はあると思う」

「どうするので」

「お信婆さんに『日の屋』の主人新五郎の面《つら》を見てもらいてえのよ」

官兵衛は半次郎の言っている意味がわからなかった。

だが、半次郎の双眸《め》は尋常ではない。

「とにかく行ってきやす」

「おれは、『日の屋』の前で待っている。お信婆さんと一緒に、『日の屋』の前まで来てくれ。駕籠《かご》を使ってな」

二

甲州街道の宿駅、内藤新宿は、今日も人の往還で賑《にぎ》わっていた。

旅姿の武士、町人。荷車、駕籠。道行く人々に呼びかける茶屋の客引き。

この町の繁昌《はんじょう》ぶりは毎日変わらぬ。

下町に在る笠屋《かさや》『日の屋』は、今日は店を開けていた。だが、主人の新五郎は、奥に引込んだまま店には出てこない。

半次郎が茶店で待っていると、二梃《ちょう》の駕籠がやってきた。官兵衛とお信婆さんの乗った駕籠だった。

「待っていたぜ」

半次郎が立ち上がった。

「こちらが、半次郎さんでやすよ」

と、駕籠から降りた官兵衛はお信婆さんに言った。

「お初《はつ》におめにかかりますよ」

お信婆さんは言って、半次郎を見た。

こういうときの眼差《まなざ》しは、居酒屋の女房になっている。

「遠いところをすまないね。実は見てもらいたい仁《じん》がいるのですよ」

「あたしにかい」

「お信さんでしか確かめられない人でねえ」

自分が役立つと聞いて、お信は気をよくしたらしい。

「頼みというのは、あそこにある『日の屋』の主人の顔を見てもらいたいのだ」

「あたしの知っている人なのかい」

お信婆さんに先入観を与えてはいけないと思い、官兵衛には彫辰のことを、口止めするようにと言っておいた。

だが、肝心の新五郎が店に出てこない。

この前、半次郎は客を装って店に入った。

しかも、彫辰のことを訊《き》いたから、新五郎が半次郎を憶えているともかぎらぬ。それで、

「あっしが、行ってきやしょう」

と、官兵衛が言った。

半次郎とお信は、『日の屋』の店の向かいに立った。

ややあって、新五郎が大儀そうに現われた。

官兵衛が店へ入っていく。

官兵衛が笠をとり、なにか言っている。

新五郎は長い棒を出し、天井から下がっている笠を取っている。

お信は新五郎を、穴のあくほど凝視《みつ》める。

そのお信の顔の動きを、半次郎は見ている。

双眸《め》をこすりながら凝視めていたお信の表情に、大きな驚きが走った。

「まさか、まさか——」

お信が声を上げた。

「お信さん、あの人は誰ですかえ」

「ほ、彫辰さんだ。あの人は、彫辰さんだよ」

その夜——。

浅草橋場町の半次郎の別宅では、半次郎を中心に、官兵衛、七之介の三人が顔をそろえていた。

あと数日すれば、飯倉神明社の祭礼になる。

季節《とき》はすっかり秋である。

今夜も月がこうこうと光っている。

昼間、お信婆さんに礼金をわたし、駕籠で返した半次郎である。

「半次郎さん、『日の屋』の新五郎が彫辰だと、どうやって見破ったので」

と、官兵衛が訊いた。

「彫辰は酒が好きだ。そして、偏屈だ。気が向いたときしか仕事はしねえ。この性格は、新五郎とそっくりだ。彫辰は『日の屋』の奥を借りて、刺青を彫った。ほかにも仕事場があったのだろうが、その『日の屋』の主人に新五郎がおさまったのが、錦屋の事件の一年後だ。恐らく分配金の百両の一部で、『日の屋』を買いとったのだろうよ」

「けれども、彫り師として、いい腕を持っていた彫辰が、なんで笠屋の店を買いとったんでやすかねえ」

と、官兵衛が訊ねた。

「それは酒だと思うぜ。酒の量が昂《こう》じて、手が震えて、こまかい仕事《こと》ができなくなったんじゃあねえか。官兵衛どんが、新五郎の家へ忍び込んで見てきたことが、おれの頭にひらめいたんだ」

「半次郎さん、いつ殺《や》りますか」

と、七之介が言った。

「明日の夜だ。新五郎を殺《や》れば、残すのはあと一人だ」

そう言って、半次郎は月を見上げた。

三

翌晩、半次郎は黒覆面に黒の着流し、官兵衛と七之介は、黒装束で『日の屋』の裏口に立った。

表通りはまだ人通りがあるが、一歩裏へ回ると静かだ。新五郎の家の破れ板戸には心張り棒などかかっていない。三人は板戸を開け土間に入った。薄汚れた障子の穴からのぞくと、酒に酔った新五郎が、万年床に横になり高いびきをかいている。熟柿臭《じゅくししゅう》で酒に酔っていることがわかる。

三人は障子を開けて、部屋に入った。

半次郎が酔いしれている新五郎を蹴《け》った。

新五郎はそのくらいでは起きぬ。

半次郎が新五郎の頰《ほお》を叩《たた》くと、やっと双眸《め》を開いた。

「双眸が醒《さ》めたか」

「お前は――いや、お前たちは誰だ。人の家に無断に上がりやがって」

「闇の大黒天だと申したら、酒毒にどっぷり浸かったお前でも、憶えていよう」

「なんだと⁉」

「そうだ。彫辰！」

新五郎はびくっとした。

「じゃあ、あんたはあのときの」

「やっと思い出したか。八年ぶりだったな」

「その闇の大黒天が今ごろ、なんでおれのところへ来たんだ。八年前、強盗《こと》が終わり、分配金を分けたとき、もう金輪際、お互いに連絡をとるのはやめると言ったじゃあねえか」

「確かにな。なれど、彫辰のことが気になってな」

「おれはこの通り、大事はないわ」

「そうかな。見たところ暮らしは荒れているようではないか。刺青の仕事はどうした」

「大きなお世話よ。おれは気の向いたときにしか、彫り針はもたねえんだ」

「それも今は叶《かな》わぬ夢となった」

「なんだと」

「その手の震えからみると、彫り針は持てぬわな。悔しかったら、持ってみろ」

「う、うるせえ」

「新五郎、これも自業自得だ。八年前のあの事件《こと》以来、酒量がさらに上がり、彫り師としてはやっていけなくなった。それで、『日の屋』を買い、笠屋になったのであろう。これも、自らが蒔《ま》いた種だ」

「なんでおれを、おれだけを責めるんだ。責められてもいい仲間はたくさんいる」

「それが、お前をいれてあと一人しかおらぬと言ったら、どうする」

「えっ！」

半次郎の口調が、がらりと変わった。

「おれが斬《き》って捨てたんでえ」

「お、お前は――」

「そうよ。闇の大黒天なんてふざけた野郎じゃあねえ。おれはな、てめえたちが押し入って殺しやがった、錦屋《にしきや》の倅《せがれ》、半次郎でえ。今夜はてめえに引導をわたしにきてやったんだ」

「く、くそ」

「その前にてめえを強盗団へ誘った野郎は誰だか言え」

新五郎はがっくりと肩を落とした。

「新五郎、ようく考えろ。この先、何年生きていられるか。酒浸りの毎日じゃあ、長くはあるめえ。ならば、せめて生きているうちに、善《よ》いことをしておくんだ。さあ、てめえを強盗団に誘った奴は誰なんだ」

新五郎はすっかり覚悟を決めたのか、ぼそりと言った。

「長虫のお末だ」

官兵衛は思わず息を呑《の》んだ。

「長虫のお末とは、どんな奴なんだ」

「女盗人《ぬすっと》だ。背中に赤蛇の刺青を彫ったのはおれだ。それで長虫（蛇）という名がついたのだ。長虫とかヤトノカミのお末とも呼ばれている」

「けれども、長虫にしろヤトノカミにしろ、そんな名の女盗人は、聞いたことがねえな」

と、半次郎は言った。

「江戸ではそうだろうよ。あの女が盗人として知られていたのは、西国（関西）だと聞いている。お末は不幸な生い立ちだったと、おれに話した。養女に出された家の者に、八歳のときに人買いに売られた。流れ流れて大坂へ行ったらしい。そこで、銭神《ぜにがみ》の信造という盗人にひろわれたとか。以来みっちり盗人の修行に励んだと言っていたなあ。そのうち、お末には好いた男ができたそうな。その男も盗人だったらしい。けれども、男は嫉妬に狂った信造に殺されて、信造はお末を手ごめにしたと話していたぜ。そんな関係が何年か続いたが、父親ほど年のちがう信造に嫌気がさして、信造を殺害《せつがい》し、信造一家の頭《かしら》になった。おれのところに刺青を頼みに来たときのお末は、女じゃあなかった。女の仮面をかぶった夜叉《やしゃ》だった」

「てめえのところに、お末がきたのはいつのことだ」

「十年ほど前になるなあ。おれは赤蛇を彫ってやった。お末は身も心も荒《すさ》んでいた。この世のものすべてを憎んでいた。自分《おのれ》を産んだ母親も父親も憎んでいた。そんな女だったが、肌はびっくりするほどきれいだった。だからおれは、あの女の背中に、赤い蛇を彫ってやった。われながら惚れ惚れするような見事な刺青だった」

「そのお末になにか特徴はねえのか」

「あるよ。色っぽい女で、顎《あご》にある色黒子《いろぼくろ》が男心を惹きつけずにはおかねえ女だった」

官兵衛は蒼《あお》ざめていた。

肩が震えていた。耳をふさぎたかった。

半次郎は言った。

「そのお末が、強盗団の誘いにきたのは、いつなんだ」

「錦屋の事件《こと》が起こる三月《みつき》前のころだ。金に困っていたおれを見抜いたかのように、強盗団に誘われた。色っぽいお末の微笑《ほほえ》みに誘われたおれは引き受けた。そのときは、錦屋の人たちを皆殺しにするとは聞かなかった。ただ何人かの仲間と一緒に、大金を盗むだけだと聞かされていたので、お末の誘いにのったのだ。おれは一人も殺しちゃあいねえよ。双眸《め》を覆いたくなるような、むごい殺しを目の当たりにして、足がすくんじまってな」

「お末はほかになにかを言っていなかったのか」

「思い出せねえ」

「どんなに小さいことでもいい」

「そうさなあ。お末が強盗団の誘いにきたとき、おれは今でも盗みをやっているのかと訊いた。そうしたら、今はやっていねえと言っていた。それで、よく我慢できるなと言ったら、あたしより凄《すご》い人についているからと、お末は言っていた。おれがその人も盗人かと訊《たず》ねると、お末は微笑《わら》っていた」

「彫辰、お千加の背中に蛇を彫《い》れたのも、てめえか」

「そうだ。あの女は浅黒い肌をしていたから、白い蛇をね。あの刺青も会心の作だ。ああいけねえ、心の臓が痛み出しやがった。このごろ、いつもこの痛みが——そうだ、もう一つ大事なことを教えてやるよ。うっ、痛え。痛え。み、耳を貸してくれ。声が——出せねえよ」

半次郎が顔を近付けたときだ。

矢にわに新五郎が隠し持った短刀を突き出した。

「野郎！」

半次郎は咄嗟《とっさ》にかわした。

新五郎の短刀が空をきった。

さっと短刀をもぎとると、半次郎は新五郎の胸に思いきり突き刺した。

「うっ！」

新五郎の胸から、鮮血が噴《ふ》き、辺り一面に赤い落花となって舞った。

四

「うう、我慢できねえ」

中間部屋に駆け込んできた文吉が、下腹をおさえ、苦しそうに言った。

「文吉兄い、どうしたんで」

竜雲が訊ねた。

「先刻食べたものに当たったのか。大切な手紙を届けなければいけねえというのに。ええい、ちょっと厠《かわや》(便所)に行ってくらあ。手紙をここに置くが、頼んだぜ」

文吉は出ていった。

黒漆《くろうるし》塗りの細長い手紙箱を置いていった。

「大切な手紙」と言った文吉の言葉が気になった。

(どんな手紙なんだ)

竜雲は周囲《まわり》を見回した。中間部屋には誰もいない。

(見るなら今しかねえ)

竜雲は手紙箱をあけた。

なかに〝密〟と書いた書状が入っていた。

（これは、密書だ！）

竜雲はまた周囲《まわり》をうかがった。

人の気配はない。

（今だ！）

竜雲は素早く書状を開いた。

『老中・田沼意次暗殺――計画――明夜六つ半（午後七時）――伝通院《でんずういん》裏――参集』

文吉がいつ戻るともかぎらぬ。

冒頭から読む間はない。ひろい読みをする竜雲の双眸《め》に、刺激的な字句がとび込んできた。

竜雲が書状を手紙箱に戻したとき、

「あーあ、すっきりしたぜ」

と、文吉が戻ってきた。

間一髪の差である。

「じゃあ、手紙を届けに行ってくるぜ。竜助、掃除をしておけよ」

文吉が外へ出て行った。

（やはり猪丸さまは、御老中の敵だった。このことを堀田さまに早く知らせなくちゃあならねえ。会合は明日の夜六つ半だ。そうだ。こうしちゃあいられねえ。火急のときは、水道橋の辻《つじ》番屋へ行けと言われた）

竜雲は猪丸屋敷をとび出した。

そのころ、官兵衛は浅草橋場町の半次郎の別宅で、遺書をしたためていた。

今日は朝から半次郎と七之介は、女盗人・長虫の末の捜索に出て今はいない。

二人の留守の間を狙《ねら》って、遺書を書いたのだ。

まだ顔を合わせていないが、末は官兵衛の実の娘だ。その娘が半次郎の両親と三十人の奉公人を皆殺しにした強盗団の一人と知った今、

（父親のおれが生きているわけにはいかねえ）

と、思ったからだ。

官兵衛は脇差《わきざし》を抜いた。

切先部分を残し、刀身に晒布《さらし》を巻きつけた。

庭に秋の日差しがさしている。

（死ぬには、もったいねえくらい、いい天気だ）

と、思った。

深く息を吸い込んだ。

「お前さん……」

という声を聞いたような気がした。志津の声だった。

「お志津、おれは、お前《めえ》のところへ行くぜ」

官兵衛は刀身を握りしめた。

切先を首筋に当てる。双眸《め》を閉じる。

「あばよ」

一気に切り裂こうとした瞬間《とき》だ。

ばしっ！

と、音がしてなにかがとんできた。

石礫《いしつぶて》だ。

それが手に当たった。

「あっ！」

開いた双眸《め》に半次郎が見えた。

「官兵衛どんの様子がおかしいので気をつけていたのがよかった」

「半次郎さん、死なせてくだせえ」

「莫迦《ばか》なことを。今まで一緒に――いや、おれを助けてくれた官兵衛どんがなぜ――」

「死んでも――いくら死んでも、お詫《わ》びにはならねえ。申し訳がねえ」

「理由《わけ》を話してくれねえか」

半次郎は官兵衛の手から脇差をもぎとった。

涼風が流れてくる。

庭木に赤蜻蛉《あかとんぼ》が飛んできてとまった。

しゃくり上げていた官兵衛は、ややあって話し出した。志津のこと。その志津を斬殺した娘の末。末は自分《おのれ》の娘だったこと……。

半次郎は、じいっと腕を組んで聞いていた。

外から菊売りの声が流れてきた。

すべてを話し終わった官兵衛は、両手をついて言った。

「半次郎さん、死ぬことをゆるされねえのなら、せめて、せめて、あっしを斬ってくだせえ。お願いしやす、お願いしやす」

「斬れねえよ。斬れるもんじゃあねえよ」

半次郎は静かに言った。

「あっしは半次郎さん一家を殺害《せつがい》した娘の親です。憎んでもあまりある親でござんすよ」

「親は関係ねえよ。親も斬らなければならなくなったら、大変《てえへん》だ」

「けれども、あっしの気がすみません。お末は顔も知らねえ娘でござんすが、そのお末にはあっしの血が流れていやす。あっしの悪い血が――」

「官兵衛どん、おれを困らせるんじゃあねえよ。官兵衛どんには、これまでどれだけ助けられてきたかわからねえ。おれはな、官兵衛どんと一心同体だと思っている。官兵衛どんを斬るなら、おれも斬られなければならねえ。官兵衛どんは悪い血が流れているというが、おれの躰にもなあ。闇の始末屋影安の血が流れているじゃあねえか」

　官兵衛は、はっとした。

「半次郎さん、どうしてそれを――それを知っていなさるので」

「聞いてしまったのよ。朦朧《もうろう》とした意識のなかで、そのことだけは、しっかり聞いたぜ。けれども、まだ影安のお頭目を、父親だとは思えねえ。思おうとしてもなあ。因果といえば因果だが、そういう宿命《さだめ》の下に生まれてきたんだ。だからな、だから、官兵衛どん一人が責《せめ》を負うことはねえ。ねえよう」

　官兵衛は肩をふるわせて泣きくずれた。

五

夜空に満月が光っていた。

堀田市兵衛は無明党の太田佐平次と二人で、伝通院裏の百姓家へ近付いていた。

「よいか佐平次、恐らく敵は警戒しているはず。危険を冒すではない。どんな者が集まっておるか、探るだけでよいのだ。探るだけが務めだ。よいな」

「わかり申した。なれど、御前を暗殺する計画を立てるとは、不届きな奴らめ」

市兵衛も太田佐平次も、一刀流の腕前をもっている。

場合によっては斬って捨てるという気概を、若い佐平次はもっていた。二人は畑道を歩いていく。

竜雲から密書を盗み見た報告をうけたのは、昨夜のことだ。市兵衛は訊ねた。

「その密書は、誰に当てたものだったのか」

「堀田の旦那、盗み見るのがやっとでしてね。誰に当てたものかまでは、確かめられませんでした。密書を届けた文吉という中間に、訊くわけにもいきませんからね」

「それはそうだ。なれど、これで猪丸さまが御前の敵だとわかった。これは収穫だ」

そんな経緯《いきさつ》があって、今夜の探索となったのだ。
伝通院裏に通じる坂道を上がっていくと、秋の虫の声が足もとから聞こえてきた。
やがて竹藪《たけやぶ》が見えてきた。そのとき――。
頭巾《ずきん》で面体を隠していた市兵衛と佐平次は同時に足を止めた。
「佐平次」
「堀田どの」
二人は小声を出した。
蒼白い月明りのなかに、張りつめた異様な気配を感じたのだ。
先へも進めず、後にも退《ひ》けぬ。
それほどの気配が、ひたひたと追ってきた。
（これは一体――）
そう感じた二人は、刀の鯉口《こいぐち》を切っていた。
殺気だった。それは当たった。
かたわらの木立のなかから、数人の男が音もなく現われた。
「何奴！」
佐平次が言った。

「待っておったぞ」

一団のなかの黒の着流しが、そう言って、笛のように喉《のど》を鳴らして嘲《わら》った。

「むっ！」

堀田市兵衛は息を呑んだ。

蓬髪《ほうはつ》。削りとったような頬。薄い肩。まるで幽鬼のような男が、蒼白い月明りのなかに立っていた。

秋川冬兵衛である。

その背後から、声が起こった。

「だ、旦那！」

「あっ、お前は――」

市兵衛は声を上げた。

後ろ手に縛られた竜雲が突きとばされ、膝《ひざ》をついた。

「もうわかったであろう。無明党の堀田市兵衛。貴様が手の者を、猪丸さまのお屋敷に潜り込ませたことは、とっくにわかっておったのだ。それを逆利用したわけだ」

「くそめ。騙《だま》したのか」

「そうだ。竜雲が盗み見た密書は、絵空事だ」

「なれど貴様たちは、御老中暗殺を企《くわだ》てている者たちであろう」

「なんの証拠を持って、そう言いきる」

「これまでに、御老中御別宅へ大胆にも襲ったことがその証拠だ」

「確かにな。そんなこともあったわ。そのことが今となっては役に立った。それで、無明党の貴様が竜雲の報告に色めき立ったのだからな。なれど、おれたちの狙いは、今回は田沼意次ではなかったのだ」

「なにい」

「おれたちの目的は、堀田市兵衛——つまり貴様を誘い出すことにあったのだ」

「理由を聞かせてもらおう」

「敵討《かたきう》ちだ」

「敵討ち!?」

そのとき、かたわらの木立から、忍びの装束の者が現われた。

それは、女だった。

千加であった。

千加は言った。

「東大久保の田沼の別邸で、お前に斬殺された、お園ねえさんの仇《あだ》を討つためだ」

「あのときの――」

「忘れたとは言わせない！」

秋川冬兵衛が喉を笛のように鳴らせた。

「まず、こいつから消えてもらおう。やれ！」

仲間の一人が、矢にわに抜刀した。

「たあ！」

次の瞬間、白刃が横に疾《はし》った。

跪《ひざまず》いた竜雲の首が、蹴鞠《けまり》のように宙にとんだ。

噴血が、ばっと上がった。

首のない竜雲が、前に殪《たお》れた。

「お、おのれ！」

市兵衛と太田佐平次の刀が鞘走《さやばし》る。

「とう！」

二人は同時に斬り込んでいった。

「ひい！」

喉を鳴らし、秋川冬兵衛が抜刀するや、佐平次に向かっていく。

佐平次が打ち込んだ。

受ける。がっきと合った二つの刀身。

「ううう！」

冬兵衛と佐平次が、白刃を合わせたまま横に疾る。

「とう！」

ぱっと離れる。

冬兵衛は切先を下に垂らす。

佐平次は八双の構えだ。

互いに間合いをはかる。

気が昂《たか》まる。頂点に達した。

瞬速。二人の距離がつまる。

「やあ！」

「おう！」

二人の躰《からだ》が一つになり、さっと離れた。

互いに背を向けている。

朽木《くちき》が殪れるように一人が大地にゆっくりと殪れていった。

殪れたのは太田佐平次だった。
千加は市兵衛と対峙《たいじ》していた。
秋の夜風が木立の枝を震わせている。
じり、じりと二人は距離をせばめていく。
「やっ！」
市兵衛が打ち込んだ。
千加が受ける。
刀身を合わせ、ず、ずっと擦り合う。
ぱっと離れた。
互いに間合いをはかる。
市兵衛が打ち込んできた。
刃唸《はうな》りを上げる剛剣を、千加は、はっしと払う。
打ち合う。
数合の打ち合い。火花が散る。
千加の右頬、市兵衛はひたいに浅い血筋が糸を引いている。
ふたたび、気が充実していく。

「たあ！」

「やあ！」

市兵衛の白刃が疾った。

千加の白刃も光る。

血飛沫《ちしぶき》がとんだ。

市兵衛の右手が、刀の柄《つか》をつかんだまま、ぶらんとさがっていた。

裏小手を斬られた市兵衛の右手は、皮一枚を残し、垂れさがっている。

噴血がとび散る。

からくも突っ立つ市兵衛の面上に、千加の憤怒《ふんぬ》の一撃が、まっ向から振りおろされた。

市兵衛は声も立てずに殪れた。

虫の声が甦《よみがえ》った。

冬兵衛が言った。

「お見事！」

千加はまだ肩で呼吸《いき》をしている。

「屍体《したい》を埋めておけ」

冬兵衛は懐紙で血糊《ちのり》をぬぐうと、刀を鞘におさめて仲間に言った。

六

女盗人、長虫のお末の捜索は、思うように進まなかった。

彫辰は、

「西国を中心に暴れ回っていた盗人だった」

と、言った。

だが、彫辰を強盗団に引き入れたとき、末は盗人から足を洗っていた。そのとき、末は、

「あたしより凄い人についている」

と、言ったという。

(盗人より凄い人とはどんな奴なのか。鬼のようなお末が、自分《おのれ》より凄い人というからには、尋常な奴ではねえはずだ。そいつは男か女か――)

半次郎は沈思した。

官兵衛と七之介は、末の情報を集めるために、外をとび回っている。

だが、手がかりはなに一つないのだ。

あるのは、顎に色黒子がある女だということだけなのだ。

（そんな女は、この広い江戸にはいっぱいいる。それに、お末が江戸にいると極《き》めつけていいものなのか。西国中心に暴れ回っていたというから、江戸の近郊に潜んでいるのかも知れねえし、西国にいるのかも知れねえ）

もちろん、影安にも末の捜索を頼んであった。

（けれども、あまりお頭に負担をかけてはいけねえ。こういうのを、八方ふさがりというんだな。気になるのは官兵衛どんだ。自害は防げたが、お末の捜索には異常なものを感じる。なにかよからぬ考えをしていなければよいのだが――）

考え出すと、胸騒ぎがする。半次郎は立ち上がった。

そして、外出《そとで》の仕度をして家を出たが、何処《どこ》へ行くという当てはない。

そのとき、前方から長身の男が、せかせかした足取りで歩いてきた。

「あ、小頭の――」

半次郎は声を出した。

それは、影安一家の小頭の唐八だった。

棒縞《ぼうじま》の着物に粋な模様の角帯を、きりっとしめた唐八は、半次郎を見ると、

「ここで会えてよかったぜ」

と、言った。

「あっしになにか」

「ちょっと、話がな」

半次郎は近くのそば屋の二階へ唐八を誘った。

廊下をはさんで、小座敷が三つあるそば屋だ。

昼間の今の時刻、客はいない。

酒と焼き海苔《のり》を頼んだ。

開けた障子から、秋の微風《かぜ》が流れ込んでくる。

半次郎が末の行方を捜していることを唐八は知っていた。

「そのことなんだが、ちょっとした情報《こと》がな」

と、唐八は話し出した。

その日、唐八はいつものように、影安が仕切っている柳原土手の古着屋を見回りに出かけた。

「変わったことはねえかい」

古着を扱う床店を、一軒一軒、声をかけていく。そのなかに、伊兵という老爺《ろうや》がやっている店がある。

伊兵が古着屋をやってから、もう二十年は経《た》つ。

唐八が伊兵のところへ行ったとき、かれは六十格好の老爺と話していた。、頭《こうべ》を垂れている老爺を伊兵は肩を叩き、励ましているようだった。唐八はほかの店を回り、ふたたび伊兵の店まで戻ってきた。

「先程は申し訳もござんせん。つい昔なじみが訪ねてきましたもので」

「いいんだ。あの老爺とは親しいらしいな」

「かれこれ四十年来の知り合いでさ。あの爺《じじ》いは昔は鳥羽《とば》の要蔵という盗人でござんすよ。盗人といっても、ほうぼうのお頭についてケチな盗みを働いていやしてねえ。かなり前から、足を洗い、今は焼き接《つ》ぎ師（こわれた陶器類をなおす職業）をやっていやす。久方ぶりで会ったんでやすが、気にかかることがあると言いやしてね。それで、くよくよするねえと言ってやったんでさあ」

「そうかい」

そう言いながら、唐八は要蔵が盗人だったということが気になって訊ねた。

「あの要蔵という爺さんは、盗人だったというが」

「若けえころの話でね。西国のほうで盗人稼業をやっていたので」

西国と聞いて、唐八はますます興味をもった。

「それで、要蔵さんの住居《すまい》はどこだえ」

「寺島村でやすよ。法泉寺裏の大榎《おおえのき》のわきに住んでいやすよ」

唐八は辻駕籠をひろって浅草に向かった。

浅草橋場町の河岸から、渡し舟が対岸の寺島村へ行く。白髭《しらひげ》の渡し、または寺島の渡しともいう。

駕籠が渡し場に着いたとき、河岸には渡し舟を待つ人が集まっていた。

そのなかに、要蔵がいた。駕籠で来た唐八は、要蔵が川を渡る前に間に合ったのだ。

唐八は要蔵に近付いた。

「鳥羽の要蔵さんでござんすね」

要蔵はぎくりとした。

素早い動きで懐に手を入れた。

短刀をのんでいるらしい。

唐八は、

「いえね、怪しい者じゃあござんせんよ。あっしは影安一家の小頭を務めている唐八という者でござんす。先刻、柳原土手へ行った際、伊兵の爺さんから、要蔵さんのことを聞き、後を追いかけてきたのでござんすよ」

影安と聞いて、ほっとしたのか要蔵の面上から険しさが消えた。

「伊兵さんは昔なじみでしてね。それで、あたしにどんな御用がおありなので」

「ここじゃあ、話を聞くにもなんですから、そこの茶店まで足を運んでくれませんか」

要蔵は承知した。

唐八は茶店へ入ると奥座敷を借りた。

「実はね。あっしの知り合いで、ある奴にえらい迷惑をかけられた人がおりやしてね。もしかしたら、要蔵さんがご存知《ぞんじ》ないかと思ったものですから」

「あたしが知っている人でございますか」

「知っていらっしゃるかどうかはわかりませんが、今、その奴めを八方手を尽して捜しているんでござんすよ」

「その人とは」

「女です」

「女⁉　それは無理というものでございます。若いころならいざ知らず、この歳《とし》になっちゃあ女の知り合いなんて」

「その女は盗人なのですよ。今は足を洗っているとか聞いておりやすが、女は人を殺すことなぞ、屁《へ》とも思わねえ悪党でしてね。背中に赤い蛇の刺青がある女でござんす」

要蔵の双眸《め》が、ギラっと光った。

「その女盗人の名前《なめえ》は、なんといいなさる」

「長虫のお末、またはヤトノカミのお末とかいっていると聞いておりやすが」

「それで、もし――もし、その女盗人を捜し出したらどうなさるつもりで」

「生きていては、人さまに迷惑をかけるのでね。見つけ次第、これで――」

と、唐八は脇差を手で叩いた。

「本当にあの女を斬《や》ってくれるのでございますか」

「約定します」

要蔵は話し出した。

「実はあたしは、昔、盗人でした。そのころ大坂におりまして、銭神の信造というお頭に目をかけていただきましてね。銭神のお頭は面倒見のいい人でしたが、唯《ただ》一つ女にだらしなくて、お末に手を出したんでございますよ。あたしはそれより以前《まえ》から、お末が嫌いでね。妙な色気のあるお末に、恐ろしいところがあるような気がしたんですよ。そのことを、お頭に言ったが、取り合ってはくれない」

「恐ろしいところというと」

「蛇ですよ」

「蛇!?」

「お頭の家の床下から、蛇が出てきたことがあったのです。そのときは、あたしとお末しかいなくてね。お末は素早い動きで蛇をつかむと、短刀で首を切り、次に手でいっきに蛇を引き裂いたのでございます。びっくりしているあたしに向かって、お末は、蛇は魔性を秘めている。それに勝った。お末はお頭に言ったら承知しないよと言って、笑ったのですよ。あたしはぞっとしましてね。だから、お頭の女になったときから、あたしは信造一家から抜け出すことを考えていましたよ。お末がお頭を殺《あや》めたときに、あたしは逃げたのでございますよ。お末はあたしを嫌っていましたからね。その後、風の便りに、お末が背中に蛇の刺青をしたことを聞きました。お末は蛇の魔性に、あこがれていたんですよ。だから、自分《おのれ》の躰に蛇をね」

唐八の前で要蔵は、がっくりと肩を落とした。

「要蔵さんにとって、お末は信造お頭の敵なんですね」

「そうです。あたしはそのお末に、昨日、ばったり出会ったのですよ」

「え？　どこで」

「家の近くですよ。お末は以前《まえ》よりも、ぐっと色気を増していましてねえ。あたしを見るや、近くだねえと言って去って行きました。けれども、双眸《め》は笑っていません。大きな双眸の奥には、ぞっとする冷たいものがありましたよ。あたしは恐ろしくてねえ、それで伊兵どんのところへ、相談に行ったのでございますよ」

帰りしな要蔵は、唐八の手をとって言った。

「小頭、一日も早くお末をなんとかしてください。でないと夜も安心して眠れません。この通りでございます。お願いします。お願いします」

唐八の話を聞いた半次郎は、双眸《め》をかがやかせた。

七

唐八と別れた半次郎は、すぐに白髭《しらひげ》の渡しで寺島村へ渡った。

要蔵の住居《すまい》がある法泉寺は、寺島村の北に在る。

途中、西蔵院という寺があるだけで、この辺りは田畑が広がっている。

大榎《おおえのき》はすぐにわかった。

そのわきに百姓家がある。

鳥羽の要蔵の家だ。

生け垣がぐるりと家をとりまき、前庭がある。

半次郎は家の前で立ち止まった。

人の気配はしない。

唐八の話から推察して、要蔵は独り暮らしなのだろう。半次郎は要蔵に会って、末のことをもう少し詳しく訊《き》きたいと思ったのだ。

すぐ西には大川が流れている。

川面を渡ってくる秋風がここちよい。

この辺りは田畑の他に大小の沼が点在する。

大榎に群らがる小鳥が啼《な》きしきっている。

静かだ――と思った。

（だが、この静謐《せいひつ》さはどこか変だ）

半次郎は要蔵の家の前庭に入った。

やはり人はいないようだ。

半次郎は庭伝いに奥へ進んだ。

庭に面した部屋には誰《だれ》もいない。

ふたたび、前庭に戻ると、板戸を開けた。

そこは土間になっていて、次の部屋とは大鼓戸《おおつづみど》で仕切られている。

「要蔵さん」

半次郎は声をかけた。

返事はない。

半次郎は思いきって、戸を開けた。

老爺《ろうや》が血溜《ちだま》りのなかに殪《たお》れていた。

静けさのなかに、異変を感じたのはこのせいだった。

老爺が殪れていたのは、仕事場らしく、板張りの床の上に、欠けた花瓶や茶器がころがいる。

そのわきに、焼き接《つ》ぐための白玉粉や、鍋《なべ》に入った漆《うるし》などがあった。

半次郎は血溜りを指で触れた。

まだ、温かった。

(殺害《せつがい》されて、まだ、間が経《た》ってねえな)

と、半次郎は判断した。

老爺の指には、白玉粉が付いている。

(要蔵は焼き接ぎ師だということだから、この老爺は要蔵とみてまちがいねえ。けれども、誰が殺《や》ったんだろう)

要蔵は末を恐れていた。

その末は要蔵とばったり会い、

「近くだねえ」

と、言ったという。

（つまり、お末はこの家の近くに住んでいるんだ。そのお末は、要蔵の存在《こと》を知り、昔のことがわかっちゃあいけねえと思い、要蔵を殺《あや》め、口を封じたんだろう。要蔵はそのことを察知したから、お末のことを恐れ、古着屋の伊兵のところに、相談に行ったにちげえねえ。可哀想《かわいそう》になあ）

半次郎は要蔵の遺骸《いがい》に合掌すると外に出た。

（こうなったら、お末の住居《すまい》を捜し出してやる！）

と、改めて決意を固めた。

八

「なんだ、これは――」

東大久保の田沼意次の別邸にきた、用人三浦庄二は、用人部屋に入ってくるなり大声を出した。

部屋のなかに、一尺（約三十センチ）四方、高さ一尺五寸（約四十五センチ）程の桐箱《きりばこ》が、三個並んでいた。

箱の上には『三浦庄二様　御進物』と書いた紙が貼《は》ってあった。

川波宗之助が用人部屋にきて言った。

「この三つの桐箱は、今朝方、御屋敷の門前に置かれてあったものでございます」

「誰が置いていったのだ」

「わかりませぬ。中間が見つけたものです」

「堀田はおらぬのか」

「堀田どのは、太田佐平次どのを連れ、昨日からまだ戻ってまいりませぬ」

「どこへ行った」

「日暮れごろ出かけたのでございますが、行き先までは――」

三浦庄二は鼻をふんと鳴らした。

「川波、小刀を持って来い」と言った。

川波宗之助が小刀を持ってくると、三浦はそれで桐箱をこじ開けた。

畳の上に白いものがこぼれた。

「これは――」

三浦は指先で白いものをつまんだ。
それは、塩だった。
たちまち、三浦の表情が険しくなった。
「川波、なるべく大きな紙を、五、六枚持って来い」
川波が持ってきた紙の上に、桐箱を乗せた。
三浦は慎重に塩を小刀で崩していった。
塩のなかから、なにかが出てきた。
「あっ！」
三浦と川波は息を呑《の》んだ。
それは、太田佐平次の刎首《はねくび》だった。
口をへの字に結び、無念の形相である。
乱れた髪が唇にこびりついている。
「か、川波、あとの二つの箱の中身を調べろ」
と、三浦は言った。
川波は残りの二つの桐箱を開けた。
なかから、堀田市兵衛と竜雲の刎首が出てきた。三浦が叫んだ。

「おのれ、何奴《なにやつ》が――何奴が市兵衛と佐平次を！」

川波は腰が抜けたようにへたりこんだ。

生きていたときは、好きにはなれぬ堀田市兵衛であった。というより、ときには憎んだこともある。だが、仏となってしまった今はちがう。

「この男は何者だ」

と、三浦が竜雲の首を見て訊《たず》ねた。

「この者は、堀田どのが使っていた、岡っ引の竜雲と申す者です。堀田どのと運命をともにしたものと思います。南無阿弥陀仏《なむあみだぶつ》、南無阿弥陀仏」

「堀田を殺《や》った奴めの心当たりはないか」

瞬間、川波宗之助の脳裡《のうり》に、半次郎のことが浮かんだ。

（堀田どのは、半次郎を追っていた。だから半次郎に返り討ちになったのでは――）

と、思ったが、すぐにその考えを否定した。

半次郎は町人だ。

返り討ちにしたとしても、首を刎《は》ねるようなことはしないはずだ。

（これは、侍の仕業《しわざ》だ。もし侍だとしたら、誰であろう）

「三浦さま、私には心当たりはございませぬが、相手は侍ではないでしょうか。刎首を送り届けるような、むごい報復は、侍以外に考えられませぬが――」

「うーむ。相手が武士だとすれば――譜代派の輩《やから》だろう。川波、このままでは相すまぬ。至急、無明党の者を集め、堀田、太田の両名を殺害《せつがい》した犯人探索をおこなえ！」

「できませぬ」

「な、なんだと」

「無明党のかたがたは、これで全員、斬殺《ざんさつ》されました。もう一人も残ってはおりませぬ」

「くそめ！」

「三浦さまが下知して、新たな無明党の同志を募る以外にございませぬ」

「それはなんとかする。堀田、太田の両名を手厚く葬ってやれ」

「竜雲はどうしますか」

「岡っ引に墓など要らぬわ」

「なれど、堀田どのの手足となって働いた者ですぞ。無下に捨てるわけにはいきますまい」

「ならば好きなようにしろ。おれは帰る」

三浦はさっと立ち上がり、足音も荒く部屋から出ていった。

川波宗之助は、今までの胸のしこりが、消えていくのを感じた。

自分《おのれ》を能力のない者だと莫迦《ばか》にしていた無明党の面々は、すべてこの世から葬り去られた。

（死んでしまってはなにもできぬ。今は権勢を一手に握っておる御老中も、いずれは失脚する日が来ることだろう。そのときは、もう死人も同然だ。生きていても死んでいる。悲運を嘆いたとてもう遅いのだ。その点、わしは初めから悲運のなかで生きてきた。そういうわしは強い。これ以上、悪くなることはないからなあ）

川波宗之助の足どりは軽かった。

九

要蔵が何者かに殺害《せつがい》されてから三日が経った。

あの日以来、半次郎は官兵衛と七之介の三人で、末の住居《すまい》を捜していた。

要蔵の家を中心に、半次郎は南を、官兵衛は東、そして北は七之介が捜索していた。

西はすぐ大川が流れ、人家がないので除外した。

「顎《あご》に色黒子《いろぼくろ》のある女の家」

を、捜す。

手がかりはそれだけしかなかったが、捜索の範囲がせばまったことだけ、よしとしなければならぬ。

だが、末の住居はわからなかった。

日が経つうち、半次郎をはじめ、官兵衛と七之介の面上に焦りと重い疲労の色が濃くなっていった。

(要蔵と出遭ったお末が、うそをついていなければ、近くに住居があるはずだが、これだけ捜しても見つからねえ。お末が〝近くだねえ〟と言ったことは、本当なのだろうか)

半次郎は不安を感じ始めていた。

寺島村の辺りの人家はあまりない。

ほとんどが田畑なのだ。

空は高く澄みきっていた。

半次郎は大川端に立った。

流れは早い。

少し行った北には、新綾瀬川が荒川と合流し、そこから名称は大川に変わる。

〝二つの流れが一つになって
主と一緒の屋形船
流れ流れて、流れ流れて

〝行く末は……〟

という唄《うた》の文句が頭を横切《よこぎ》った。

（二つの流れが一つになって――か。流れ流れ……行く末は）

そのとき、半次郎の記憶に閃光《せんこう》が走った。

（意味はちがうが、同じような文句を、おれはどこかで読んだことがある。どこかで、どこかで）

半次郎は「あっ！」と小さく声を上げた。

小倉百人一首だった。

千加が船宿『五平』に、使いの者に持たせた、小倉百人一首である。

『瀬を早み岩にせかるる滝川の

われても末に逢《あ》わんとぞ思ふ』

その歌留多の上には〝下〟。下には〝上〟と書かれてあった。

今まではその意味がわからなかった。

だが、歌を上下逆に読んだらどうなるか。

末に逢うのなら新綾瀬川と荒川が一つになって、という意味に釈《と》れるではないか。

（そうだ。あの歌留多の意味は、割れても末に逢わんとぞ思うの〝末〟とは、将来という

意味ではねえ。〝末〟という女に逢うということを教えていたんだ。要蔵の近くにいるということは、本当だったのだ）

二つの流れ――荒川と新綾瀬川が一つになるところは、要蔵の家より、さらに北へ行った、千住三丁目にあたる。

そこには隅田村の一部が存在し、南には新綾瀬川の支流が流れ、大川に注いでいる。

これまでの捜索では、見落としていたところだった。

その夜、半次郎の別宅に官兵衛と七之介は戻ってきた。

二人の捜索は今日も徒労に終わった。

半次郎は小倉百人一首の発見《こと》を二人に話した。

官兵衛と七之介は、双眸《め》を光らせた。

「今夜から捜索したいところですが、夜は無理でござんすからね。明日の朝早くからやりましょう。腕が鳴りますぜ」

と、七之介が言った。

半次郎は七之介を制して、

「けれども、これはあくまでおれの憶測に過ぎねえから、当たらないかもわからねえ。ただ、三人で手わけして、千住三丁目と隅田村を捜索すれば、早く結果がわかる」

「早く夜が明けねえものかな」

七之介はそう言って夜空を見上げた。

ややあって官兵衛が言った。

「半次郎さんの考えはまちがっていないと思いやすよ。けれども、一つだけわからねえことがあります」

「なんでえ、言ってくれ」

「お千加さんの気持ちですよ。お千加さんはなぜ、お末の住居《すまい》を、小倉百人一首に託して教えてくれたんでしょうね」

「それは、おれにもわからねえ。お千加の気持ちがなあ」

次の朝、三人は野良着《のらぎ》姿に扮装《ふんそう》し、大川を渡し舟で渡ると、隅田村へやってきた。

この辺りの一角を、三つの区域にわけ、一人一人が捜索を開始した。

昼近く、新綾瀬川が大川へ注ぐ鐘ケ淵《かねがふち》で、七之介の捜索が適中した。

畑を見にきた百姓が言ったのだ。

「顎に黒子のある女がいるのは、綾瀬橋を渡った向こう岸だ。木立のなかに家が一軒建っている。昔は権造爺《じい》さんがいた百姓家だったがね、爺さんが死んでから、あの女が住むようになったんだよ」

七之介は小躍りせんばかりであった。

跳ぶように綾瀬橋を渡り木立を目指した。

そこは、関屋之里と呼ばれるところだ。

荒川が大きく蛇行する地点に、新綾瀬川が一緒になる北岸である。

半次郎が言った二つの川が一つになるところである。

問題の百姓家は、木立に囲まれたなかにあった。七之介は木立の陰に隠れた。ここからだと、百姓家の前庭が見渡せる。

およそ半刻（一時間）後、家から女が出てきた。

媚茶《こびちゃ》の地に、黄色の小格子の小袖《こそで》を着ている。この辺りでは珍しい垢抜《あかぬ》けた装いだ。

一匹の野良猫が鳴きながら女にすり寄ってきた。女は微笑《ほほえ》んで猫を抱き上げた。

七之介ははっとした。

顎のところに色黒子がある。黒い大きな双眸《め》が、秋の日差しに光る。

（あの双眸と色黒子。こんな女に凝視《みつ》められたら、どんな男でも道を踏み外してしまうぜ）

と、七之介は思った。末である。

だが、次にとった末の行動に、七之介の思いは一変した。

抱き上げた猫を、末は力一杯、大地に叩《たた》きつけたのだ。猫は片脚を引いて駆け走った。末の面上に、ぞっとする鬼のような嘲《わら》いが浮かんだ。末は荒川の川岸へ歩いて行き杭《くい》に舫《もや》っていた小舟に乗った。そして、櫓《ろ》を繰り、川を渡って行く。

その隙《すき》に七之介は、末の百姓家の生け垣に近付いた。

高さ一丈（約三メートル）ほどに成長した柾《まさき》が連らなっている生け垣である。

七之介は生け垣にそって、一周した。

家に人の気配はない。

意を決した七之介は、前庭に入り、庭伝いに奥へ進んだ。

庭に面した座敷は、戸が開け放たれ、ひと目でなかの様子がわかる。やはり、人はいない。

まん中の座敷には、箪笥《たんす》、箱型の鏡台、煙草盆、燭台《しょくだい》、長火鉢が置いてある。

七之介は素早く頭に刻み込むと、外に出た。

その日の夕刻、半次郎の別宅に集まったとき、七之介は半次郎と官兵衛に報告した。

「ついにやったな。はっきりいって自信はなかったが、おれの勘も満更じゃあねえな」

と、半次郎は言った。

そしてつづけて、

「けれども、小倉百人一首の歌留多が、おれの双眸《め》のつけた場所《ところ》よりも、もう少し北側にあったことまでは、気が付かなかったぜ」

「斬殺された要蔵に、あの女が近くだねと言ったことは、当たっていたんでやすよ」

と、七之介。

「そうだな。煙草盆があったというが、どんな品物《もの》だった」

「銅打出の品物《もの》で、盆の周囲に花の飾りのついた、凝《こ》った代物でござんしたよ」

「というと、男が使う煙草盆とみてまちがいねえが」

「けれども、男はいなかったので」

「お末が煙草を吸うかどうか。いずれにしても、男がいるとみておいたほうがいいだろうぜ」

「半次郎さん、いつあの女のところへ」

七之介は官兵衛の手前「殺《や》りやすか」とは訊けなかった。

道を外したとはいえ、末の父親は官兵衛なのである。

ゆえに七之介は、言葉を濁したのだ。

半次郎も心得ていて、

「今夜、行く」

と、言った。

官兵衛はなにも言わぬ。

深く決するところがあるのか、固い表情をくずさなかった。

十

夜——。

今夜も月がこうこうと照っていた。

半次郎と官兵衛、七之介は、ともに黒装束で荒川を小舟で渡った。

櫓は七之介が操った。

三人の頰を秋の夜風がかすめていく。

半次郎は黒覆面をつけてはいない。

末は強盗団の最後の一人だ。

闇《やみ》の大黒天が誰だかを知っているはずである。

ゆえに黒覆面の扮装は必要としない。また闇の大黒天と名乗ることもないのだ。

荒川の川岸の葦《あし》のなかに舳先《へさき》をつっこみ、小舟は止まった。
三人は舟からとびおりた。
末の家はすぐのところである。
柾《まさき》の生け垣に近付く。
生け垣の間からのぞくと、明りは見えない。
まだ、六つ半（午後七時）だから起きているはずだ。
（それとも、どこかへ出かけたのか）
三人はうなずき合った。
「油断をするな」
という合図である。
三人は前庭へ入った。
月明りのなかに、ぴんと張りつめた気配が溢《あふ》れている。
（誰かがいる！）
三人は一様に思った。
庭伝いに進んでいく。
庭に面したどの座敷も、板戸を閉めていない。しかも、無人だ。

それなのに、人の気配がするのは、どこかに潜んでいる証拠だ。

(それは、どこか⁉)

半次郎が辺りを見回したときだ。

このとき、庭の片隅の物置小屋の陰から、三人の黒装束が現われた。

二人は脇差《わきざし》を差している。

二人に挟まれた中央の黒装束が、面《おもて》を覆った黒い布を、さっと取った。

大きな双眸《め》。顎にある色黒子が、月光のなかに鮮烈に浮かび上がった。

長虫の末であった。

「お、お前は――」

官兵衛が声を上げた。

末が言った。

「ここに来ることは、わかっていたよ。というより、待っていたのさ」

「殊勝な心がけだ。おれは、お前たち強盗団に惨殺された、錦屋の倅、半次郎だ。一家の怨《うら》みを晴らすため、一人一人、強盗団に加わった者たちを、斬《き》ってきた」

「そして、あたしが最後の一人というわけかい。死にそこないめ」

「死にそこない⁉」

「初めは矢吹の正五郎の毒の吹矢。二度めに箱根・湯元の湯殿」

「そうか。湯殿に襲ってきたのは、お前の仲間だったのか」

「お陰で、せっかく集めた子分どもは、お前たちに斬殺されてしまったんだ。怨みを晴らすというのなら、あたしのほうだってそうだ」

「悪さをする仲間は、斬られても当然だ」

「言うじゃあないか。けれども、今夜はそうはいかないよ。子分はここにいる四人だけになったけど、あたしがお前たちに引導を渡してやるよ」

「四人。二人足りねえ勘定だな」

「上をご覧なね。上をね」

「あっ！」

七之介が声を上げた。

藁葺《わらぶ》き屋根の上に、二人の男が短弓を構えていた。

末はゆっくりと、家のほうへ位置を移していく。

屋根の庇《ひさし》の下に位置を変えれば、庭の中央にいる半次郎たちを、弓で狙《ねら》いやすくなるからだ。

「考えたものじゃあねえか」

半次郎は微《かす》かに笑みを浮かべ、ゆっくりと村正を抜いた。

「言っておくけどね。あたしはいつも万全の備えで事にのぞむのさ。今夜もね」

末は冷やかに笑うと、わきにいた手下から二挺《ちょう》の短筒を受け取った。

銃口をぴたりと三人に向けた。

そして、屋根の上には、短弓を構えた二人が弓を引きしぼる。

形勢は絶体絶命である。

官兵衛がかばうように、半次郎の前に進み出たのはその瞬間《とき》だった。

「お末！　撃つならおれを撃て」

「忠義づらしても、結果は同じだよ。お前を撃ったところで、お前たちは全員死ぬのさ」

「お前は本当に、鬼のような女だぜ」

「死ぬ前に、お前の名前を聞いておいてやろうか。お前は誰だい」

「お前の父親だ」

「お前さんが官兵衛かい。御苦労なことだね、わざわざ、冥土《めいど》にいる女房のところへ行くために来たとはね」

「今さら、お前に父だと名乗れる資格はねえが。錦屋さんに押し入ったこと、そして、お前の母親のお志津を斬殺したことはゆるせねえ」

「そうかい。どうせ死んでいくんだから、言いたいことは聞いてやるが往生際だけは、きれいにしたらどうなんだ。あたしには、生まれたときから、両親《おや》はいなかったんだ。そう思って生きてきたんだ。さあ、覚悟をおし」

「お末！　撃て。撃つならおれを先に撃ってくれ！」

「望み通りにしてやるよ」

屋根の上で、二人の子分が、短弓の狙いを定めた。

地上の二人の子分も、じりじりと追った。

次の瞬間――！　夜気を裂く音。

轟音《ごうおん》がとどろく。

官兵衛が放った手裏剣が宙をとんだ。

半次郎が疾《はし》った。七之介が脇差をかざして、目の前の敵に向かい突っ込んでいく。

屋根の上から、官兵衛の手裏剣を浴びて、二人の子分が転げ落ちる。

末は殪れていた。

その胸に白羽根の矢が、深々と突き立っていた。弾は外れた。

二人の子分は、半次郎と七之介が、目にもとまらぬ早業で、叩っ斬っていた。

半次郎は生け垣まで疾った。

逃げていく足音がしたからだ。

末は生け垣の外から、矢を射たれたのだ。

一体、誰が――!

半次郎が振り返ると、官兵衛が末を抱きしめていた。

滝のような泪《なみだ》が、白目をむきこときれた末の面上に、ふりそそいだ。

「半次郎さん、ゆるしてくだせえ。こんな女でも、あっしの娘でござんした」

「官兵衛どん、境遇がすべてを変えてしまったんだ。すべてをな」

官兵衛は肩をふるわせていた。

虫があちこちで鳴いていた。

十一

翌日、官兵衛は末の亡骸《なきがら》を、志津の眠る済正寺の住職にたのみ、葬ってもらいに行った。

自分《おのれ》の手で斬殺した母親のもとへ、末は戻ったのだ。

「口では憎むと言っていた。そして、自分《おのれ》の手で斬った母親だが、母は母なんだ。その母親のもとへ帰してやることに、お末は文句を言わねえはずだ」

と、思ったからだ。

官兵衛を送り出した後、半次郎は縁側に出て、両膝《ひざ》をかかえ、沈思した。

いつも飛んでくる赤蜻蛉《あかとんぼ》は、今日は姿を見せぬ。

七之介が茶を運んできて言った。

「官兵衛どんは、もう済正寺に着いたでしょうかね」

「まだ、着かねえだろうなあ」

「半次郎さんは気が付きやしたか。ずっと顔色がすぐれなかった官兵衛どんが、今朝は憑《つ》き物《もの》が取れたように、すっきりしていましたぜ。きっと、お末さんのことが決着がついたからでしょうねえ」

「そうかも知れねえな」

「けれどもねえ」

七之介はほっと溜息《ためいき》をついた。

「けれどもなんでえ」

「どうして、こんなにも悲しいことばかり起こるんでしょうねえ」

「悲しいこととうれしいこと。どっちが多いのかと言われれば、悲しいことのほうが多いのが、この世の常よ」

「そう思えば当たり前のことですかねえ」

「そう思うしかねえじゃあねえか」

「お末さんに銃口を向けられたとき、あっしは死ぬ覚悟を決めたんでさあ。あのとき何者かが矢を射たなければ、今ごろは三途《さんず》の川を渡っていたはずでね。一体、誰がお末さんに、矢を射たんでしょうねえ」

確かにそうだと、半次郎は思った。

（そのために、お末の口から闇の大黒天の正体を聞き出すことはできなかったのだが——。けれども……）

半次郎はこのとき、

（あってはならねえ）

ことに思いをめぐらせていたのだ。

それは昨夜のことである。

すべてが終わった後、末の家のなかを念のため調べてみた。

すると、煙草盆のわきに、煙管《きせる》が置いてあるのを見つけた。

何気なく手にとった半次郎の全身に、雷に打たれたような衝撃が走った。

雁首《がんくび》と吸い口に、手のこんだ細工がほどこされた煙管だった。

そこには、竜が彫られていた。

朱塗りの羅宇《らう》に、竜の彫金の雁首と吸い口。

半次郎のよく知っている男のものだった。

(もしかすると、あの人のものかも知れねえ。あの人の——)

あってはいけない人の煙管を、半次郎は懐に入れたのだ。

その煙管は今も半次郎の懐にある。

七之介に気付かれぬよう懐に手を入れて、煙管を確かめる。

ごつごつした竜の彫金が指に当たる。

(考えたくもねえ。思いたくもねえ。けれども、おれの懐のなかにある煙管は、あの人の使っていた物と、そっくりなのだ)

昼過ぎまでそうしていた半次郎は、ついに心を決めた。

(こうしていても始まらねえ。強盗団をすべて殺《や》ったが、肝心の首領・闇の大黒天の正体は、まだつきとめてはいねえ。ぐだぐだ考えていても仕様がねえじゃあねえか)

半次郎は七之介に、

「ちょいと出かけてくる」

と、言って家を出た。

半次郎が向かったのは、浅草猿屋町だ。

鳥越川にかかる甚内橋の西詰には、御書院番の小出家、隣に御使番の阿部家の屋敷がある。

猿屋町はそれとは反対の甚内橋の東詰に広がる町屋である。

そこに、格子戸のはまった、その人の家があった。

影安一家の用心棒を務める、滝口左内の家である。昼間は洗濯と飯炊き婆《ばばあ》が通ってくるが、左内は独りで住んでいる。

半次郎は剣術を習っているころ、何度かこの家を訪ねたことがある。

「おう、よく来たな」

左内はこころよく迎えてくれた。

今日も総髪は手入れがゆきとどいている。

用心棒という職業を気《け》ほども感じさせない爽《さわ》やかさだ。

「御無沙汰《ごぶさた》を致しております」

「改まる必要などない。おれとお前の仲ではないか」

「もう、すっかり秋になりましたねえ」

「明日からは、神田明神の祭礼だ。お頭目の家《とこ》も大変だろう。思い出すな、お前とのつき合いも、八年になるのかな」

そう言いながら、左内は煙管に莨《たばこ》をつめた。

それは、銀煙管であった。

半次郎は懐から、懐紙に包んだものを出し、

「これを、お使いください」

と、差し出した。

左内は受けとり、なかを改めた。

雁首と吸い口に、竜の飾りのついた、朱塗りの羅宇《らう》の、左内の愛用の煙管であった。

左内は顔色ひとつ変えずに、煙管を手にとった。平然と竜の飾りのついた煙管に莨をつめて、吸い出した。

沈黙がつづいた。

左内は縁側から、澄みきった秋の空を見上げている。

ややあって半次郎は言った。

「昨夜、その煙管を、お末の家で見つけました」

「お末は死んだのか」

「死にました。何者かに矢を射たれて」

「そうか」

左内の声はあくまでも静かである。

そして、話し出した。

「お末と知り合ってから、もう九年になるか。ある年、おれは旅に出てなあ。大坂でおれは人相のよくない数人の男にからまれた。そ奴たちを叩き伏せた。男どもはお末の子分だった。それが知り合ったきっかけだった。あの女は肩肘《ひじ》はって生きていたが、内心では父親に焦《こ》がれていたのだ。おれの女になってから、それがわかった」

「けれども、その父に短筒を向けた女です。母親も斬殺した」

「それは、あの女の真情《こころ》の裏返しだ」

「と言いますと」

「お末は人一倍——いや、異常なほど、両親《おや》に恋い焦がれておった。なれど、また一方ではそんな自分《おのれ》から、逃れようとしていたのだ。いつまで経っても、両親《おや》の幻影がつきまとう。お末は親の愛情を知らずに育ったから、余計、親を慕ったのかも知れぬ。とくに子分を持つ身だったから、心の葛藤《かっとう》には耐えきれなかったのであろう。それを絶ち切るために、母親を斬ったのだと思う」

「それで救われたのでしょうか。わたしにはそうは思いませんが」

「半次郎、人というものは哀れなものよ。お末は親を斬ったが、心の安らぎは得られなかったのだ。逆に以前《まえ》より以上に、親を恋うる思いが強くなったのだ」

「先生はそれだけ、お末の心を知りながら、なぜ、あの女を助けてはやらなかったのですか」

「なるようにしかならぬというのが、おれの信条だ」

風が次第に冷たくなってきた。

半次郎は思いきって言った。

「暗殺集団三日月もなるようにしかならぬという考えから、入ったのですか」

「入ったのではなく、おれが作った組織だ」

「闇の大黒天の一人は、先生でしょう」

「否定はせん」

「いま一人の闇の大黒天は誰ですか」

「御旗本猪丸重左衛門だ」

「直接、強盗団の指揮をとったのは、二人の内の誰ですか」

「おれだ」

ふたたび、沈黙が流れた。

左内が口を開いた。

「老中田沼意次の用人・三浦庄二が、御用達にしてやるという口実で、錦屋――つまりお前の父御に二千両の大金を用意させた。この情報《はなし》をもとに、その大金を奪う計画を企て強盗団を組織した。狙いは田沼の手許《てもと》に二千両が入るのを阻止するためだった。ただし、三日月の仲間は、後で足がついてはいけないので、無頼漢や浪人たちで強盗団を構成した。お前が老中田沼に対する憎しみを持つことは、考えのなかにあった。なれど、まさか復《ふく》讎《しゅう》するとは思わなかった。剣術を教えてほしいと、おれのところに来たとき、おれはなんという因果かと思った。なれどお前にはできないだろうと思った。ところが、お前は見事やりとげた。凄《すご》いことをやったのだ。三日月は金をもらって務めを果たす、暗殺集団だが、お前は怨み憎しみという情念だけで、やりとげたのだ」

「この情報《はなし》を持ってきたのは、誰なのです」

「お千加だ」

半次郎は呆然《ぼうぜん》とした。

だが、すぐに、

「お千加は何者なのです」

「譜代派の誰かは知らぬが、譜代派の大名の隠密だ」

「そうだったのですか」

「猪丸は伝通院の百姓家を買いとり、そこでお千加に現状を報告し、かつお千加から指令を受けていた。おれは影安の用人棒を隠れ蓑《みの》にし、秋川冬兵衛から伝達を受けておった」

「猪丸の愛妾《おんな》お絹というのは――」

「そんな女などおらん。たびたび、猪丸があの百姓家へ出向くのを、中間どもに怪しまれぬために、でっち上げた架空の女だったのだ」

「先生はどこで、猪丸と知り合ったのですか」

「猪丸は昔、おれと同じ道場で学んだ剣友だ。家禄《かろく》千五百石の旗本といっても、内情は苦しい。ゆえにおれが誘うと、金が目当てで三日月に入った」

「金はどこから出ていたのです」

「雇い主の譜代派の大名だ。お千加が金を持ってきてくれた。今だから言うが、事件《こと》がすんだ後は強盗団はおれにとっても、お千加にとっても、消えてもらいたい存在だった。奴らは浪人や無頼漢の集まりだから、いつボロを出さないともかぎらないからな。だから、お前が一人一人殪してくれたことは、おれにとってもお千加にとっても好都合だった。お千加はときおり、お前と逢うておったな。それは、お前の行動《うごき》を監視するためだったのだ。おなれどおれは、次第に強盗団の名が消されていくのを知り、いつかは、おれのところにお前がたどりつくと思っておった。そのときの覚悟を決めてはいたが。ところで、闇の大黒天の正体がわかった今、これからどうする」

「斬ります」

半次郎はきっぱりと言った。

左内は立ち上がると、徳利と茶碗《ちゃわん》を二つ持ってきた。

そして、茶碗に酒を注いだ。

「場所を決めよう。場所はおれがお前に、剣術を教えた柳原土手でどうだ」

「結構です」

「日時は明日の夜、五つ（午後八時）だ。どちらのほうが、末期の水になるのかはわからんが、今日だけはすべてを忘れてなあ」

二人は微笑み合って、茶碗酒を一気に飲みほした。

十一

昼間は古着屋の床店が並ぶ柳原土手も、五つになると、ひっそりと静まり返る。

かたわらで、神田川の流れが、月明りに鈍色《にびいろ》に光っていた。今夜も月が出ていた。

その土手に、二つの黒い影が――。
半次郎と滝口左内だ。
二人はさっと抜刀し、およそ六間（約十・八メートル）の距離をおいた。
半次郎の手には村正が光っていた。
左内は黒の着流しで裾《すそ》を端折《はしょ》った。半次郎もまねた。
「半次郎、勝負は互いに一太刀で決めよう」
「異存はありません」
遠くから神田明神の祭囃子《ばやし》の音が流れてきた。
二人は互いに八双に構えた。
木太刀で打ち合ったことはあるが、真剣は初めてである。
左内は間合いをはかる。
半次郎は八双の構えから、刀を肩にかつぐ。
相手に間合いをとらせることは、半次郎にとって得策ではない。
それを教えたのは、左内である。
半次郎がさっと追ってくることは、左内は百も承知している。
げんに半次郎は、追っていった。

左内がぐるぐると回る。距離をちぢめまいとする。その間、間合いをはかるのだ。

気が昂《たか》まっていく。

左内の足が止まった。

その瞬間、半次郎が疾った。左内も疾った。

剣気をはらんだ二つの躰が、正面から激突したかに見えた。

だが、二人は同時に大地を蹴《け》っていた。

月明りのなか、宙をとんだ二人の白刃がきらめいた。血飛沫《ちしぶき》がとんだ。

一人が大地に頭から突っ込んでいった。

滝口左内であった。

「先生！」

血刀をさげて半次郎が駆け寄った。

左内の息はまだあった。

「半次郎……腕を上げ……たな」

「こういう日の来ないことを、祈っていたのです」

「は、早く、行け……猪丸の屋敷へ……猪丸とお千加……がいる……敵《かたき》が討てる」

「先生、しっかりしてください」

「なるよう……にしか……ならぬ」
左内は息絶えた。
辻駕籠《つじかご》が壱岐坂《いきざか》を目指す。
半次郎が揺られていた。
神田明神の祭囃子のなかを、人の群れを避けながら駕籠が行く。
半次郎の頬を泪《なみだ》が、幾筋も伝わった。
祭りの賑わいが、別の世界のように思えた。
祭提灯の明りが悲しかった。
駕籠が猪丸屋敷の前に着いたときは、悲しみを振り捨てた。
その果てには、憤怒《ふんぬ》があった。
錦屋の情報《はなし》を三日月に渡した千加。
そして、もう一人の闇の大黒天。
二人に対して復讎の炎が燃えていた。
駕籠を帰すと、半次郎は、猪丸屋敷の塀に跳び乗った。
すぐに塀のなかへとび降りる。
屋敷内の見取図は、七之介が忍び込んで描いていた。半次郎はそれを頭に叩き込んでいる。

半次郎が忍び込んだのは、中間長屋のわきである。

植え込みから建物に沿って奥へ進む。

いちばん奥が池のある庭になっていて、庭に面したところが平書院である。七之介の見取図にはそう描いてあった。

左内の言う通り、もし千加が来ているなら、平書院を使うはずだ。

植え込み伝いに進むと、庭に明りが洩《も》れている。そっとのぞくと、造りは平書院だ。

そこに、神経質そうな男と、千加が座していた。半次郎は広縁の前に立った。

「闇の大黒天どの。やっと会えたな」

座敷にいた二人は同時に声を上げた。

「何奴！」

「半次郎どの！」

千加が叫んだ。

半次郎はかまわず広縁に上がった。

「無礼であろう。名を名乗れ」

「名乗らなくても、そこにいる女がよく知っていらあ。おれは、てめえらに殺害《せつがい》された錦屋の伜・半次郎だよ」

「その半次郎が、なにをしにきた」

「てめえらの命を頂戴《ちょうだい》するためにな」

「なにい！」

「御前《ごぜん》ここは私が――」

千加がかたわらに置いた刀をとった。

「おもしれえ。女隠密が相手か。てめえも許せねえ野郎だぜ。おれの家に大金があることを、闇の大黒天にばらしたからな」

「言うな！」

千加が矢にわに抜刀して打ってきた。

躱《かわ》しざま半次郎は抜き打った。

二つの刀身が激突した。

ぱっと離れた。

千加が間合いをはかる。

半次郎に間合いなど必要ない。

さ、さーっと迫る。
それが、千加の間合いを狂わした。
大上段から打ち込んでくる千加の一撃を横に払った。
千加は庭へとんだ。
半次郎が追った。
千加が打ってきた。
下段に構えた半次郎が受けた。
打ち合う。
二合、三合、四合——!
二人は離れる。
半次郎が迫る。
裂帛《れっぱく》の気合いを発し千加が打って出た。
転瞬。半次郎が横に疾り、村正を薙《な》いでいた。
「あっ!」
半次郎の一撃に腹を裂かれた千加が声を上げ、どうっと殪れた。
半次郎は間をおかぬ。

飛鳥のように広縁へとび上がるや、座敷へ侵入した。

「うぬ！　たあ」

猪丸が打ち込んできた。

その力を村正が受け、受けると同時に巻き上げた。

「あーっ！」

刀は猪丸の手を離れ、天井板に音を立てて突き立った。

そのときには、半次郎は横殴りの一撃を、猪丸の首のつけ根へ叩き込んでいた。

血飛沫が音を立てて壁を染めた。

騒ぎを聞きつけ、用人がとんできたときには、半次郎はもう塀にとび乗っていた。

＊　＊　＊

秋の澄んだ日差しが、品川沖を明るく光らせていた。

菅笠《すげがさ》をかぶり、桟留《さんどめ》の小袖、足にはパッチをはき、紺の手甲に脚絆《きゃはん》、棒縞の合羽。旅姿の半次郎は、品川宿にさしかかった。

「ほとぼりがさめるまで、旅に出よう」

と、思ったのだ。

影安にはすべてのことを書いた手紙を、町飛脚に届けてもらった。

官兵衛と七之介には、旅に出ることを黙っていた。

「いずれ、また会うときがくるだろう」

と、半次郎は心に決めた。

「けれども、こうして江戸を離れるとなると寂しい気もする。当てのない旅だし、いつ戻ってくるか、おれにもわからねえからなあ。官兵衛どん、七之介、すまねえな。達者で暮らせよ。達者でなあ」

半次郎は今来た道を振り返った。だがすぐにそういう自分《おのれ》を未練がましいと叱《しか》った。

ふたたび、歩き始めたときだ。

すぐ前の茶店から、旅姿をした二人の男が縁台から腰を上げた。

半次郎は「あっ」と声を上げた。

官兵衛と七之介であった。半次郎は言った。

「どうして、こんなところに」

「半次郎さん、水臭せえですぜ」

「独りで決めても、あっしらは一心同体。だから、だから、半次郎さんの心なぞ、先刻お見通しでさあ」

「さあ、出かけやしょう。旅は道連《みちづ》れ世は情《なさけ》といいやすからねえ」

七之介が明るく言った。

三人の笑い声が秋の大気に溶けていった。

この作品は一九九八年十一月に『女地獄』として
徳間文庫より刊行されたものを改題しました。

大洋時代文庫

復讐《ふくしゅう》の血煙《ちけむ》り
——闇の仕事人半次郎——

平成17年11月22日　第1刷発行

著者
早坂倫太郎
発行者
平田 明
発行所
ミリオン出版株式会社
〒101-0065 東京都千代田区西神田3-3-9
電話 03-3514-1480(代)
発売元
株式会社大洋図書
〒101-0065 東京都千代田区西神田3-3-9
電話 03-3263-2424(代)
印刷·製本
暁印刷

ISBN4-8130-7045-0 C0193
落丁·乱丁はお取り替えいたします。発売元営業部宛にお送りください。
定価はカバーに表示してあります。